警察迷途中

誰是兇手

顏瑜——著

目次

序章

金屬的觸感滑過背部，像被湯匙輕撫，有一種酥麻刺痛，和畸形的愉悅。

她感覺自己是一條待宰卻乖巧的魚，只靜靜的側倒在地上，雙手被反綁，看牆上的時鐘在走，聽滴滴答答的聲音，以及背後男人沉穩的呼吸聲，對方像個高級廚師。

「就這裡吧？」背後的男人問道，並拿起刀子劃一刀，語氣溫柔。

「嗯哼。」女人輕喊。

「我要進去囉。」男人說。

他又劃了一刀，像是用捅的，撞了好大一下，但卻又如刀鋒滑過水面，無聲無息，感覺不到一丁點疼痛。

鮮紅漫過半邊地板時，女人才被自己的血給澷醒，但她早已沒有控制權，雙手雙腳都被綁住，無法掙脫，只能從耳朵聽到生命流逝的聲響。

她想起了自己曾看過的一個人性實驗，受測者一樣被雙手反綁，並被欺騙說他們遭到割腕放血。實驗者卻播放了水流滴下的聲音，讓他們誤以為自己真的在流血，最終導致有人被活活嚇死。

女人輕輕笑了一下，無力感早已遍布全身，她知道自己正在死去，她多希望對方正在進行那個「滴水實驗」，多希望淌過臉龐的不是鮮血。

男人往她的背上劃出最後一刀，然後就站起，像個優雅的紳士般擦擦手，繞過她的腳，往玄關處走去。

「你想走嗎，許家偉？」女人喊出了他的名字，微弱卻堅定。

「我還能去哪裡？」對方回答，背對著她，停下來，將染紅血的刀子隨手扔向鞋櫃，站著不動。

女人的眼皮很沉，再也支撐不起意識，她望著兇手的背影，最後兩人四目相對。她像被抽出了骨幹一樣，只有冷掉的血糊在背後，很冷，很冷。

他看著她死，她也看著他死。

第一章

這裡是一處燈火明亮的辦公室，很寬敞，有十來張大桌子，每張大桌子配有四到五個座位，座位間相隔擋板，擁有各自的電腦螢幕，屬私人空間。其中，公文冊以及仙人掌盆栽、相框等等個人小物擺滿桌面，亂中有序。

但這可不是什麼大公司或大企業的上班場所，而是警察局。

這裡是新北市蘆洲分局的偵查隊，也就是刑警隊，是刑警們駐紮的地方。一般人對刑警的認知，可能僅止於「辦刑案的警察」，像偵探一樣，著手破解各類懸案，很酷很厲害；又或者像美國ＦＢＩ，威風凜凜，能出入各種場所。

但其實刑警更像是「文書警察」，每天都有處理不完的公文，最主要的工作內容就是「用電腦打字」，甚至一坐就在椅子上待十幾個小時，跟寫程式的工程師沒兩樣。

想像不到哦？但確實就是這樣，刑警並不如大家以為的那麼厲害，什麼一人亮相、全場風雲，美式英雄主義都是假的，電影劇情看看就好。

「許家偉，你過來，你這筆錄怎麼做的？」從房間另一頭傳來了洪亮的呼喊。

一個二十來歲的男子立刻從位置上跳起，唯唯諾諾的跑過去。

對，這就是刑警日常，跟上班族沒什麼兩樣，差別只在於他們不用穿正式服裝，而且也沒有穿警察制服。

男子名叫許家偉，穿著簡單的T恤，快步走到一位前輩身邊，低頭聽教。

「你這筆錄不能這樣做。」前輩捻著手上的紙，在字裡行間挑剔著：「你沒問到被害人家有沒有監視器啊。」

「啊，對。」許家偉望著他經手的筆錄，趕忙回答：「可能是派出所沒問到。」

「什麼派出所沒問到，沒問到你還就這樣交上來！」前輩斥責道：「發回去重問。」

「是，學長。」許家偉連連點頭。

從對話上來聽，他搞砸了一份筆錄，但其實這筆錄不是他經手的，而是由更基層的派出所製作的，只是後來跑到他手上，經由他來處理罷了。

一件刑案的處理流程是這樣子的，不管民眾是錢包被偷、還是走在路上被打，所有的治安事件，起初肯定都是由地方派出所先接觸，而不是他們刑警；由派出所的員警先搞清楚案情、製作筆錄，再送到上層作進一步處置。

這所謂的上層，就是許家偉所在的偵查隊，偵查隊負責的，就是派出所遞交上來的卷宗筆錄。他們是改考卷的審核人員，把基層送上來的、參差不齊的文件反覆修正，才能蓋上警察局的官署印，送到地檢署給檢察官。

所以，刑警真是不折不扣的「文書警察」，光昨天一天，許家偉就收到了九份刑案筆錄，需要由他經辦。許家偉抱著剛才被前輩退貨的筆錄，暗自嘆息，監視器沒問到還算小事，有的基層員警，連嫌犯的身分證字號都會打錯，導致他們刑警根本查不到此人；別說破案了，要把嫌犯再找出來問都有困難，非常嚴重。

刑警的工作就是這樣，負責替派出所擦屁股。剛才前輩要他再把監視器問出來，這可不是打電話唸唸、讓派出所把筆錄補齊就好，許家偉得將筆錄裝封，按公文的流程發還回去，讓派出所更正後再遞交上來，反反覆覆。

——這些全都需要用電腦鍵盤打字，印出紙來，蓋章送出去。

所以，刑警真的是文書警察呀，真的是打字機，尤其是像許家偉這種從警不到兩年的菜鳥，工作量更是多。確實，刑警是有需要出入犯罪現場、偵辦案件的時候，但那種事情輪不到他這種新手上場，他頂多幫忙打字做筆錄而已，除了打字還是打字，剛才說，在椅子上坐了十幾個小時的人，正是他本人。

「又被退件啊？」同桌的同事，望著他堆成山的公文，關懷道。

「對啊。」許家偉嘟噥著，卻沒心思抱怨，只想趕快將筆錄弄完。

他明天就放假了，今天五點以前他一定要將手中的工作告一段落，然而工作是永遠不會清空的，所謂刑警，永遠都在「快過期的公文」以及「已過期的公文」之間徘徊，許家偉昨天又接了九個新的案件，只要能先解決手中的燃眉之急，等下週回來，他想怎麼忙，就得怎麼忙！

「喂，我偵查隊許家偉，你請那個林文德聽電話。」許家偉忍不住氣，還是打電話到派出所去了：「林文德，你筆錄怎麼沒問到監視器？」

他將剛才前輩講的話，原封不動的傳達給派出所，但他畢竟資歷淺、年紀小，也沒敢像前輩那樣頤指氣使，只能小小抱怨。

派出所的人壓根兒沒在聽他講話，只是敷衍的喔喔喔、是是是，顯然也不是第一次遞交這種不合格的筆錄，給偵查隊找麻煩了。

「我下交辦單發還回去喔，你要更正，可以嗎？」許家偉交代道：「這禮拜一定要完成，最晚大大後天要給我。」

大大後天就是他放假回來的日子，他好不容易盼來一個長假，還請派出所不要提前遞交，但也不要延後遞交，大家彼此相讓，好好做事。

「知道啦。」對方含糊的回答道，十分不耐煩。

「真是的，說的話都沒在聽。」掛斷電話後，許家偉低聲罵道。

「啊派出所都這樣啊，筆錄都隨便亂做，案件都隨便亂開。」一旁的同事打趣道，並疲憊的趴在桌上滑手機，娛樂一下：「都要我們替他們收拾爛攤子，有夠廢。」

「你不是也好幾件快過期，隊長在生氣了？」許家偉問道，提起了他們單位的主管，偵查隊長：「你要快欸，連隊長都在注意了，不要連累到我。」

「知道啦！」同事揮揮手，關上手機，就直接睡著了。

有這麼累嗎？

對，非常累。

監視器筆錄的事情弄完後，許家偉又趕了幾個公文，看了看時間，五點半，早已超過退勤時間，他便關閉電腦，準備下班。

刑警跟一般的基層員警不一樣，不必巡邏、交通指揮或查戶口，沒什麼準確的上下班時間，但刑警是最典型的責任制工作，一旦轄區出事，休假也得趕回來；相反的，一旦手上沒工作，你也不必待在警局，可以四處亂跑，想做什麼就做什麼，跟放假沒兩樣。

許家偉將重要的公文放進抽屜上鎖後，便披上外套，準備離開。臨走前，他摸了摸桌邊養著的小金魚，透過玻璃魚缸觀看牠自由自在玩耍的樣子，頓時倍感溫馨。

這隻金魚是他在夜市裡撈到的，是他第一次逛台北的夜市，孤獨一人北漂生活時，所獲得的第一份禮物，他沒想過金魚能活這麼久。

小金魚是他在這裡唯一的心靈慰藉。

許家偉是嘉義人，高中畢業就進警校讀書，接著落地生根，在大台北展開了他的警職生涯，迷迷糊糊度到今日。

他長著一張白淨臉蛋，深邃的眸子能映出偵查隊裡任何一張鬍渣滿面的臉，但警界裡並不存在「小鮮肉特權」，只存在「小美女特權」。

正妹女警可以什麼都不做，當機關裡的花瓶與吉祥物，初出茅廬就被捧在手掌心，只負責簡單的勤務，逗大家開心，不必參與任何困難的任務，男孩子卻沒有這種待遇。

許家偉一下班，匆匆洗了個澡，就奔赴捷運站。他與某人有約，在市區一家高檔餐廳見面，他還特別打扮了一下，用髮蠟將頭髮往後梳，讓自己的臉龐更朝氣些，掃除一整週的疲憊。

許家偉一出捷運站，就看到對方已經等候他許久。那人穿著深藍色的襯衫，褲頭的皮帶閃閃發亮，默默站著，手持男士名牌皮夾，彬彬有禮。

對方也梳著油頭，卻和許家偉那稚氣未脫的模樣不同，他很成熟，眉峰如劍，五官稜角分明，目光炯炯有神，透露出一股深入人心的精明氣質。

「嘿，不倒翁。」許家偉朝他喊道，那是對方的暱稱：「你等很久嗎？」

「一下子。」對方淡然回答，微笑：「走吧。」

「好。」

許家偉跟上去，兩人並肩而行，男人讓他走裡面，避開嗡嗡亂響的車聲，同時問道：「我們要去哪裡？」

「我們要去哪裡？」許家偉重複道，歪著頭想著，一時之間還沒有答案。

許家偉有些恍神，他早該知道他和男人並沒有說好要做什麼，他們是有場約會沒錯，卻未講明目的地。現在是晚上七點多，晚餐時間，他下意識的和高檔餐廳掛勾上了，但其實，他們並沒有說要一起吃晚餐，只是剛好約在老地方，高檔餐廳附近。

許家偉和這個男人之間有個約定，星期一、三、五，凡事由許家偉作主，星期二、四、六，則由另一個人作主，這是他們所定下的標準規則，以避開男女之間常有的從屬關係，他們希望彼此之間能夠平等對待，就連無法被歸納的禮拜日，都被他們瓜分好了。凌晨零點到中午十二點，為男人的時間，中午十二點到半夜二十四點，則是許家偉的時間。

今天是禮拜三，由許家偉當家作主。

「你餓嗎？」許家偉問道。

「有點。」男人說。

「那我們不吃飯，到凌晨十二點都不准吃東西。」許家偉微笑著，像是一種命令，並解釋道：「今天心情太差了，我完全沒胃口。」

「那我們要去哪裡？」

「去看流星雨吧。」許家偉用童話般的語氣提到，他記得新聞有播報，這週三將出現流星雨，他特別留意了這件事，在無數零碎且無止盡的工作中，他總會撥出心思去留意這些浪漫的小事情：「你在這裡等我。」

「你要去哪裡？」男人問道，並真的乖乖的停下了腳步，站在路燈下方。

「去騎我的機車，你站在這裡等我，不准亂動，不准吃東西，不准喝水。」許家偉一連發布三條禁令。

「知道了。」男人點點頭：「我在這裡等你。」

就這樣，許家偉將男人留在原地，扭頭走人。

他要回到捷運站，坐車回他的租屋去，去將機車騎來，就是這麼的不知所云、毫無意義。這是場沒有計畫的約會，有得是時間浪費，許家偉作主的日子，他就是要百般任性，為所欲為。

當許家偉從家裡騎著機車過來時，男人已經在原地站了一個多小時，他寸步未移，那路燈好像太陽一般，將他照得汗流浹背，雙腳因飢餓和疲憊而微微顫抖。

「上車。」許家偉霸道的說，將機車騎到他面前，打橫，遞出了另一頂安全帽。

男人坐上了後座，許家偉催下油門，朝遙遠的陽明山疾駛而去。

「他媽的派出所有夠垃圾，連份筆錄都不會做，監視器也不會問，幹！」許家偉厲聲抱怨：「害我被學長罵，這群傢伙怎麼不去吃屎！」

「你可以叫他們去吃屎看看。」男人回答著，他的語氣雖然冷氣，動作卻十分凌亂，在許家偉如孩子般的高速行駛下，他只能抓緊他的褲頭，以穩住身體。

一直叫他男人也不妥，許家偉稱呼他為不倒翁，意在，不管如何打罵，不倒翁都默默承受著，是不會倒的。但即便有如此戲謔的暱稱，不倒翁也不像許家偉一樣年輕，他已經是個年近四十的大叔了，實在經不起這種折騰。

到達陽明山後，不倒翁吐了，吐得袖子都沾上了穢物，不再體面。許家偉仍然不給他水喝，也不准他用水洗淨，他一股腦的抱怨著工作上的大小事，將前輩到分局長都罵了一次。

在不倒翁面前，他可以盡情坦露自己的心聲，這是他的權力。

機車停在半山腰處，今日天氣晴朗，大台北的夜景一覽無遺。許家偉繼續訴說他的苦衷，昨天一次來了九件公文，有些本不屬於他，卻被派給了他，只因他是整個單位裡最資淺的人。

不倒翁突然插嘴打斷他：「光說不練，你心裡會舒服嗎？」

許家偉愣住。

「難得的約會，我不是陪你上來看夜景的。」不倒翁說道，眼神帶著殺氣：「如果你沒有別的事做，就回我家去。」

「你給我閉嘴，今天是我的時間，你要對我絕對服從！」許家偉一怒之下，竟搧了不倒翁一巴掌：「我操你媽的！垃圾！垃圾！垃圾！」

許家偉狂揍不倒翁，對著他就是一頓狠打猛踹，像脫序的野獸一樣，在漆黑的半山腰處，朝不倒翁施暴。

「幹你娘！」

「畜生！竟敢這樣對我說話！」

「看我怎麼修理你！」

不倒翁被打得縮在地上，並不是真的不會倒，但他任打任罵，愣是沒發出半點聲響。他用雙手護住臉，兩人說好不打臉的，許家偉剛才賞的那一巴掌，已經足夠響亮了，犯規。

不倒翁搖搖晃晃的站起，捂著通紅的右邊臉頰，帶著一絲微醺的笑意，彷彿很滿意。他指著山邊的護欄說：「怎不讓我跳下去？」

「垃圾，給我閉嘴！」許家偉罵道，卻向後退了一步，身體感到一絲寒顫。

「讓我跳下去。」不倒翁再次說道，髮絲已經凌亂，瞇起的笑眼讓許家偉看到皺紋。

「我讓你閉嘴，你就給我閉嘴！」許家偉從機車置物箱裡拿出一卷膠帶，粗魯的揪住不倒翁的頭髮，往他的嘴巴就纏了好幾圈，封住他的聲音。

這兩人之間的服從約定並不是單純的服從約定，而是一場危險的命令遊戲，某方必須向另方絕對服從，猶如被拴住的奴隸，再如何遭到毆打，都不得反抗，且心甘情願。

而這場遊戲的精髓，就是暴力，兩人在暴力之中找到滿足，暴力與屈辱感，才是這場遊戲的意義所在。許家偉忘記它是怎麼開始的，也不曉得什麼時候會結束，他不知不覺就身在其中了，這讓他從刑警的身分中抽離，甚至從「人」的身分中抽離，他對他的不倒翁做什麼都沒關係。

禮拜三，是屬於許家偉的時間，他拽著不倒翁的頭撞牆，來發洩日常生活的憤怒與委屈。同時他也知道，這是場「平等遊戲」，他要是沒把不倒翁砸得粉碎，下回，倒楣的將是他。

「你，跪著叫一聲學長我錯了。」許家偉命令他，猶如棄置敝屣般，斜瞪他在腳下：「我叫你說！」他又踢了他一腳。

不倒翁被膠帶封住了嘴，但還是照做了，含含糊糊的喊了一聲，然後就不再動彈，蜷縮在許家偉的腳邊。

許家偉聞著他身上那象徵著上流人士的古龍水味，聞著那權力的味道，感到莫大的慰藉。這是一場偉大且神聖的約會，比什麼吃高檔餐廳要高尚得多了，他需要填充的是心靈，而非肚子。

但，也只有不倒翁能帶他來到這個無法律存在的平行世界，其他人，他可不敢。還是那句老話，他不知是從何開始的，也不曉得什麼時候會結束，他已經身在其中了。

不倒翁為什麼叫不倒翁呢？除了顧名思義，除了打不倒，許家偉猶記第一次見到他時，那銳利的眼神，很像自己見過的夜市娃娃，印象深刻，從此就將他取名為不倒翁了。

不倒翁確實是不會倒的，許家偉見他顫顫巍巍的又想爬起，挨著半公尺高的護欄，又想跳下去，測試看看許家偉的反應，許家偉瞬間清醒不少。

他從失控的復仇中恢復理智，拽著不倒翁回到機車上。他並沒有拆開他嘴上的膠帶，而是拿了件外套，讓他披上，並戴上帽子，遮得嚴嚴實實，把受盡屈辱的臉龐都擋住，外人看不出來。

他們離開了陽明山，沒有看夜景，沒有向流星雨許願。再來他們要去不倒翁的家，一個令許家偉麻木到察覺不到難受的地方。

行車途中，許家偉的電話忽然響了起來，是學長打來了，要緊急叩他回去：「喂，許家偉，你那個被害人過來找你了，你回來做筆錄。」學長叮囑道。

又是某份公文中的某份筆錄，許家偉早已忘記這是個什麼樣子的內容，也完全沒印象這個被害人是誰。責任制的工作就是這樣，要打官司的民眾都找上門來了，你還敢繼續放假，不去處理嗎？

對刑警來說，司空見慣，根本沒所謂的假期可言。

但許家偉這時卻覺得如釋重負，他可以結束這場約會，回到現實世界裡了。這通電話就如當頭棒喝，將他從虛幻的暴力與那不倒翁深意的雙眼中，拉回道德界線。

「怎麼了？」坐在機車後座的不倒翁忽然問道，他的臉頰通紅，是甩巴掌留下的，嘴唇更是腫脹，硬扯下的膠帶讓他近乎毀容了，看不出原本的乾淨優雅與一絲不苟，只剩狼狽：「誰找你？」他問道。

「公司的人。」許家偉冷冷的回答道：「而且誰准你拆掉膠帶的？你這賤畜，好大的膽子，我操你媽我看你是找死！」他似乎忌憚的說著粗話。

不倒翁卻沒理他，好像不管遊戲規則了，他逕自拿起手機，就開始播電話，也不曉得在講什麼。

不一會兒，神奇的事情發生了，偵查隊忽然打電話過來，說要他繼續放假，不用回來了，已經請其他同仁替他處理民眾的筆錄，讓他不用管了。

許家偉面色消沉，沒有很驚訝，他的不倒翁有通天的本事，他知道。不倒翁渾身飄散出權力的味道，那跟一般的有錢人不一樣，擁有權勢跟擁有錢財可是兩碼子事。

「今天是我作主，你敢違反我的命令，欠打了？」許家偉索性停下機車來，渾身充滿暴戾之氣。

「你倒是看看現在幾點了？」不倒翁冷冷的說道，露出一抹讓人膽顫心驚的笑，接著又打第二通電話：「我讓你，這兩天電話都靜音，絕不會有人來打擾我們。」

「你……」

許家偉不問他哪來的本事，只是看看自己手機上的時間，原來，早已過了凌晨十二點，一旦超過十二點，許家偉的回合就結束了，現在是星期四，換不倒翁當家作主。

「你剛才說什麼來著？你想看流星雨？」不倒翁提起了這件事，游刃有餘的收拾了殘存的膠帶，恢復了往昔的從容與風度，他將手伸進許家偉懷裡，取走他脖子上的紅色護身符。

「嘿，你幹嘛？」許家偉大驚失色：「那是我媽前幾天給我寄上來的平安符，她求好久才求到的。」

「不需要這種東西。」不倒翁冷冷的說道，想都不想的就將平安符扔出去，讓它被對向的車給輾過，消失在夜色之中：「你都這麼大一個人了，還需要這玩意兒保護？」他早就看平安符很不順眼了。

「話不是這樣說的……」

「安靜。」不倒翁用命令的語氣說道：「繼續騎，往前。」

「……」

「別看什麼流星雨了，我那兒有更好看的東西。」他露出一抹微笑。

許家偉看不清平安符掉在哪裡，也沒辦法去找。

他只能騎著機車，往不倒翁的家駛去。

第二章

放了個假回來，許家偉並沒有覺得身心靈有紓緩多少，還是有那麼多的工作在等著他。

他所處的偵查隊，隸屬於新北市政府警察局，蘆洲分局，掌管整個蘆洲地區的治安。機關裡不只駐紮著他們刑警，還有行政組、交通組、督察組……等等單位存在，編制將近百餘人。

許家偉已經從警快兩年了，他絕對不是分局裡最菜的人，但卻是偵查隊裡最資淺的人。這件事其實很反常，一般來說，警察機關每年都會補充兩次人員，一次是警校的年輕新血加入，另一次則是透過國家特種考試，徵選而來的社會人士。

以許家偉來到偵查隊的時日計算，至少也該補充三次新人了，但蘆洲偵查隊就是很奇怪，一直到現在，許家偉還是所有刑警裡面最菜的那一個。

有水流出總得要有水注入，才不會乾涸。並不是沒有新人來過，也不是沒有舊人離開，但這其中大有玄虛：被調進來蘆洲偵查隊的，總是些從警許久的老屁股，他們每個都是許家偉的前輩，就算沒有辦刑案的經驗，在年紀上也能壓許家偉一輪。

這是有人刻意操縱的結果，不是別人，正是許家偉的直屬上司偵查隊長所插手造成的。許家偉和他們隊長處得並不好，自從許家偉來到偵查隊，隊長那幫長官勢力就處處針對他。

許家偉認為，是隊長拒絕了所有新血的加入，並死死的掐著單位人事權不放，這才導致他的處境薄弱。隊長只讓資深的警察進來，還不讓人輕易調走，所以許家偉才沒有後輩可以倚靠，永遠是被使喚的那一個。

「你會不會想太多？」聽了許家偉的抱怨，他的同桌同事胖明哥揶揄道：「人家堂堂一個隊長，你只是一個小警員，人家會為了你，特地干擾人事安排？」

「就真的是這樣啊。」許家偉嘟噥道，不情願的抱著一疊塑膠夾敲了桌子兩下，又埋首於公文之中：「你沒看我來之後，大家都很難調走？」

「真是有被害妄想症，快把東西弄一弄啦，我拿去蓋章。」胖明哥催促他。

「啊我說的就是真的啊。」許家偉又哼了一聲。

他認為就是隊長在欺負他，並不是他的錯覺。隊長不只讓他沒有學弟可分勞，還把他給孤立起來了；每每有同事和許家偉比較親近，那個同事就會消失，被調離偵查隊。

這一切都不是許家偉的幻想，他現在就覺得胖明哥很危險。胖明哥是半個月前剛調來的前輩，在刑警這行有將近十年的經驗，為人爽快厚道，常常幫助許家偉，出手指點他，甚至還和他湊到了一塊兒，坐隔壁桌。

許家偉能感覺到，這辦公室裡有無數陰險的眼睛正盯著他們看，隊長、副隊長、小隊長，每個人都準備要拆散他們，將胖明哥給調走。

為了維持偵查隊的警力，想調走的人調不了，不想調走的卻個個離奇消失，常常許家偉一休假回來，友好的同事就離開了，真是有夠邪門！

「許家偉。」這時，一個相貌猥瑣、身形瘦小的男人走了過來，他笑瞇瞇，穿著過大的襯衫，看起來像根吊兒郎當的竹竿。他拎著一疊文件就往許家偉桌上扔去：「我下午請假，這件『相驗』你幫我去跑。」

「蛤？為什麼！」

「副座說的。」男人得意洋洋的說道，拋下文件就走。

這是最典型的職場霸凌，但不應該發生在許家偉身上才對，許家偉少說也是個刑警，從警也有一段時間了，為何非得受這種氣？連最基本的尊重都得不到？

猥瑣男子名叫阿祥，是他們蘆洲分局偵查隊，第七小隊的人，和許家偉所在的第四小隊是死對頭，老是槓上。

但越是死對頭，理應越不敢做這種事才對。

「喂，我說你在指使誰呢？」胖明哥看不下去了，起身就指著阿祥罵道：「你自己的案件，丟來給別人做啥？」

「副座說的。」阿祥用這樣一句話就給堵了回去。

所謂的副座就是副隊長，是上司，上司說怎樣就是怎樣。

「你他媽自己的案件自己隊友不幫，動到我這裡來，喂！」胖明哥起身就想叫喚阿祥身邊坐著的人，蔡小隊長，也就是第七小隊的頭頭，卻被許家偉給攔住。

「沒事啦，我做就對了。」許家偉緊張兮兮說道，好說歹勸才讓胖明哥坐下：「他要放假，我就幫他一下。」

「不是啊，他們自己又不是沒有隊員？」胖明哥依然忿忿不平，他和許家偉身在同一小隊，實在不太懂這裡的風氣：「蘆洲這地方怎麼這麼奇怪？想放假就能這樣亂搞？蔡小（蔡小隊長）他們自己不幫嗎？」

「好了啦。」許家偉攔住他的手。

隊長↓副隊長↓小隊長↓基層刑警↓許家偉，這是這裡的階級圖，身在狀況外的不是別人，就是胖明哥。許家偉有預感，距離胖明哥被調走的日子不遠了，虧他才來不到一個月，就要這樣離開了。

連他們自己四隊的小隊長都不會幫他了，其他人又怎麼會把他當一回事？而這一切的幕後主使者，就是隊長！

「副座說要我做，我就做吧。」許家偉苦笑著替阿祥打圓場：「同事間互相幫忙嘛。」

胖明哥都還沒回答，阿祥又站起來挑釁：「快去準備啊，檢察官在兩點鐘等你呢！」

「我說你這小子，得了便宜還賣乖！」胖明哥氣得又站起來罵人。

這話倒將許家偉給拉回現實，阿祥丟過來的案件可不是什麼簡單的苦差事，而是最討厭的那種屎差！

「相驗」是警察的術語，意思就是「驗屍」，阿祥這是丟了一件做一半的「死人案」過來。許家偉黑著臉翻卷宗，覺得離譜，怎麼可能連死人案都中途丟給別人做？接著他便發現，這死人案阿祥已經完成了百分之九十九，可以說全部的流程都已經跑完了，剩下的百分之一，叫做「陪同解剖」。

在相驗程序的最後一環，可能就是解剖了，檢察官和法醫要對死者進行侵入性的檢驗，要開膛破肚、將死者的心臟、肝臟、腎臟等等五臟六腑掏出來化驗、視察；這時候不僅家屬要在場，以表全程同意，承辦刑警也要在場，作為見證人，畢竟檢察官、法醫、承辦警員都是偵辦環節中不可或缺的一環，哪方都不能不到。

整個處理死人案的過程，最令人難受的，就是這解剖環節，所以阿祥才會丟給許家偉。許家偉參與過五次解剖，每次的印象都很糟糕。他得忍受血腥的惡臭，和檢察官與法醫在冰冷的解剖室裡，看那屍體被翻來覆去、切東切西。

法醫會用一把大剪刀將屍體的胸腹切開，翻出肋骨，將所有內臟摘出來化驗，與此同時還得用一個塞子塞住屍體的屁股，因為人在死後，括約肌是沒有張力的，那屎尿流出，混合著血水的氣味，實在令人不敢恭維。

所以，比起「陪同解剖」的噁心，前面案件的繁瑣，做筆錄、調閱監視器、蒐集證據等等都不打緊，就這解剖的環節，誰都不想參與，不只生理上難受，心理上更帶有一股穢氣與觸霉頭。

「唉，真是有夠衰小。」許家偉抱怨道，趴在桌上。

辦公室對面的阿祥還在對他無聲威嚇著，比三劃四要他準時到殯儀館解剖室，別讓檢察官等了。顯然阿祥也很擔心許家偉不去，畢竟這還是阿祥的案子。

但他真的是多慮了，在這偵查隊裡，許家偉最勢單力薄，既然是長官的指示，許家偉只敢言聽計從。

「胖明哥，我先走了。」許家偉看了看時鐘說道，現在慢慢趕到殯儀館，時間差不多。礙於等會兒要驗屍，他就不吃午餐了，免得吐出來。

「你不是約了個人等等要做筆錄？」胖明哥留意到了這件事。

「有，剛剛有打電話叫他晚上再過來了。」許家偉回答。

「你這樣來得及嗎？」

「應該可以啦。」

約好要做的筆錄，正是許家偉放假前，被退件的那份。派出所的警察補齊相關資料後，許家偉發現仍有許多瑕疵，無奈之下，只好自己再請民眾來做一次筆錄了。

這民眾也真可憐，當初報案時做一次筆錄，後來補件又做了一次，現在還得被許家偉叫來再做筆錄。浪費司法資源，純粹是因為警察不上心，弄個文件弄得亂七八糟。

驗屍及解剖一般在國家設立的殯儀館內進行，整個大台北地區共有三座殯儀館，分別是台北市立第一殯儀館、台北市立第二殯儀館還有新北市的板橋殯儀館，蘆洲承辦的這起案件，由新北市管轄，自然，許家偉得跑到板橋殯儀館去。

身為刑警，許家偉沒少跑過殯儀館，怎麼說呢，一個警察分局可能有很多派出所，但卻只有一個偵查隊，這代表所有派出所遞交上來的案件，都只由一個偵查隊受理；派出所的編制警力，以蘆洲分局為例，大概有五百人，而偵查隊卻只有四十幾個人，這意味著，一位刑警要照顧十餘位基層警察，得承擔十倍的案件數量，即使工作的細節與複雜度有所差異，依然可以客觀的呈現一件事：許家偉看過的解剖次數，是一般警察的十倍有餘。

「蘆洲的嗎？」在殯儀館解剖室門口，一位地檢署的人員問道。

許家偉連忙點點頭，朝他跑去。在場不會有其他蘆洲的人了，因為蘆洲警局就只有一個偵查隊而已，偵查隊的同事中，今天也只有許家偉跑來殯儀館。

「怎麼這麼慢？檢座等很久了。」對方不耐煩的說，他口中的檢座就是指檢察官，而他本人就是檢察官的助理，書記官。

一組驗屍團隊中，通常包括了檢察官、書記官、法醫、偵查隊刑警、派出所承辦員警。聽起來很複雜，但只有一個結論，許家偉還是最弱的那個，連派出所的承辦員警都比他資深，老氣橫秋的在一旁抽菸，不理會眾人。

更何況，許家偉只是來代班的。

「檢座呢？」許家偉問道，擦著臉頰的汗，捧著卷宗又確認了一下檢察官的名字。

「在看別具。」書記官回答。

檢察官可是很忙的，大老遠來到殯儀館，不可能只看一具屍體，手上若有其他需要解剖的案子，都會盡量排在一起，也好方便聯絡法醫。而所謂的驗屍，就是要確認亡者的死因，開立死亡證明書，並由法醫提供相關醫學證據。

許家偉只是嘟噥著，他們也不是全都在等他呀？檢察官根本沒在等他，他們都在忙別的工作，一刻也沒閒著呢。

「怎麼是你？」一旁，那個派出所學長則衝著他問了一句：「阿祥呢？」

「他請假，我來代班。」許家偉回答。

「這種事情也可以代班喔？」對方笑了出來：「你新來的？」

許家偉臉都黑了，解剖當然不能代班，誰想接這種爛攤子？但還不是人在屋簷下，不得不低頭。

至於為什麼有兩個警察一起負責驗屍，這就說來話長了，總之，地方派出所得出一個人，偵查隊也得出一個人，必須要有兩個警察處理這個案件，缺一不可。

「好了，換你們了。」書記官這時候說道，並對著家屬列席那邊喊道：「陳美華的家屬，在嗎？這邊請。」

一聽呼喚，坐席那邊立刻有人哭了出來。

這畢竟是個生離死別的場景，有人過世了，檢察官除了要驗屍，還要解剖，身為家屬親人，自然悲痛欲絕。

許家偉卻沒有感同身受，反而十分麻木，可能是屍體看多了，覺得那哭聲很刺耳。他捧著卷宗，望著檢察官出現，一夥人跟著檢察官和法醫就進入解剖室，冰冷帶著血腥味的空氣撲面而來。

「我們陳美華的家屬喔，這個，為了釐清死因，所以不得已要進行解剖，還望你們見諒。」書記官娓娓道來，面對家屬，他的態度明顯緩和許多，一改先前冷漠的模樣：「我們這邊請。」

檢察官接著走近，他穿著襯衫，繃著一張老臉，讓法醫揭開解剖床上的白布，露出死者的面龐問道：「家屬幫我確認一下，死者是不是陳美華本人？」

一位老太太一把鼻涕一把眼淚的看了一眼，點點頭。

「幫我在上面簽字，確認解剖同意。」書記官接著拿出紙筆。

「蘆洲的也過來看看，是不是本人。」檢察官接著呼喚道，把許家偉和另一個警察召來。

解剖前要取得家屬同意，並確認是否為本人，是標準作業流程。否則要是開錯屍體，麻煩可就大了，即使人已經死了，對大體還是要有一份尊重。

接著我們就開始展示，為何解剖需要如此慎重。

「我們家屬先外面請，可以隔著玻璃窗看。」檢察官見文件已經確認，便將家屬請到解剖室外，不讓他們在場。

門關起來後，現場只剩下檢察官、法醫、許家偉和派出所的警察，連書記官都退了出去。法醫很是老練，從頭到尾都沒說話，面戴口罩、背對眾人，在旁邊擺弄著工具，讓檢察官去和家屬應對。

現在時機已到，只見他轉身，揭開白布，拿出一把五十公分的大刀子，俐落的就往死者的下腹捅進去，割開一個大口子，然後拿出一把巨大的剪刀，一面剪，一面將死者的胸膛整個扯開。

這畫面既殘忍又粗暴，超乎尋常人的想像，遭冰凍的大體已經失去水分，蒼白的皮膚夾在底下紅粉色的肉塊，如同皺紙般被剪破揭開。

因人體的胸腔有肋骨保護，於是法醫便拿出一個更大的工具，將死者的肋骨往兩側撐開，空氣中頓時傳來骨頭崩裂的聲音，屍體的上半身面目全非，五臟六腑全呈現在眾人眼前，心臟被拱了出來。

若是初次見到解剖的警察，看到這裡多半被嚇得魂飛魄散了，更遑論家屬，所以家屬一般不被允許待在解剖室的，他們要到外面等候，避免有不理性的狀況發生。

你會問，為何能如此殘暴的對待屍體？法律允許這樣子嗎？對，法律允許，從實務上來講，解剖確實就是這樣進行的，他們面對的是一個死人，不是活人，不必像醫生那樣，用一把嬌小的手術刀，細心呵護患者的細皮嫩肉；他們要爭取的是快狠準，人既然已經沒了呼吸心跳，什麼血管動脈就都不必管了，直接下手，直接把該看的東西都看一遍就是了。

一個經驗豐富的法醫，能夠在二十分鐘內就完成解剖，將死者的全身上下都摸透。

「心臟正常喔，沒看到有什麼明顯的病變或異狀。」法醫將死者的心臟取了出來，放在鐵架子上端詳，一面唸道。

他這個唸可不是隨便亂唸的，現場有錄影錄音，要將整個解剖過程記錄下來，檢察官也在一旁觀看，他才是確認死因的最後裁決者。

這時，派出所的警察朝許家偉打了個眼神：「學長，錄影呀，幹嘛哩？」他提醒道。

對喔，許家偉才想起，他也要錄影。

地檢署的錄影歸地檢署的錄影，他們蘆洲刑警自己也要擁有一份解剖錄影才行，這是規定。

他趕忙摸了摸自己的側腰包，慘了，他忘記帶錄影機了。

隊上有數台公用的錄影機，他應該要帶來的才對，怎麼就忘了這件事？

「怎麼，沒帶嗎？」派出所的警察見他手足無措，笑著問道，有些不懷好意。

「對，學長你那有嗎？借我。」許家偉說。

「我也沒帶欸。」對方回答，然後提示他：「拿手機出來錄呀。」

見法醫已經驗屍驗到肝臟了，再拖下去可不太妙，許家偉只好拿出自己的手機，開啟錄影功能，對著現場開始蒐證。

直到法醫驗完胸、腹腔，開始驗其他地方時，許家偉才察覺到其中的惡意。

法醫先是觀察了女性死者的下體，接著就用儀器撐開，觀察更細微的部分；然後他將死者的腳拗上來，換撐開肛門；他又將死者翻回正面，拿出一根十幾公分長的玻璃細管，翻開死者的眼皮，往她的眼珠子中心就捅進去，直直捅到底部的神經叢。

我滴媽呀！

許家偉看得都快吐了，持著手機的手微微顫抖，眼前的景象映在手機螢幕上，更顯得血腥逼真，雖說，這本來就是真的，而不是什麼電影殺人場景。

死者在法醫手裡，跟個玩具沒兩樣，切這邊，捅那邊，都不帶眨眼的，檢察官更是無動於衷。但對於許家偉來說，他真的有點承受不住。

難怪前輩們都說，千萬別用自己的手機錄製犯罪現場，很穢氣！許家偉這下是深深的體會到這點了，一想到自己的手機相簿得留存這種東西，刪除以後還不見得刪得乾淨，他就心裡不舒服。

「讓開一下。」法醫忽然說道。

最精彩的部分來了，法醫從旁邊拿出了一台電鋸，走到死者的頭顱前，啟動電源，開始嘰嘰嘎嘎的替死者開「天靈蓋」。

空氣中霎時充滿了燒焦味、血腥味與屎尿穢物的味道，連檢察官都退避三舍，跑到後面去，打算等法醫弄完再走回來。

這就是「開顱」，法醫連死者的腦子都要看，而不管是法醫還是一般的醫生，他們要打開人體的頭顱，只有一種方法，就是電鋸，這是真的，不是騙人的。

許家偉也跟著退到後面去，以避開那屍體燒焦形成的煙霧，但他還得錄影，這是他的難處。他不是第一次見法醫開顱，但拿著自己的手機錄影，這真是第一次。

「警方過來錄影。」法醫這時說道，提醒許家偉，電鋸聲也剛好停了下來。

只見法醫將死者的頭皮掀開，腦殼子就這樣掉了下來，滾在解剖床邊。法醫伸手將死者的腦子給摘了出來，放在燈光下檢視。

「沒有明顯病變喔，也沒發現腫瘤或明顯血栓壞死。」法醫說明道。

許家偉忍著作嘔的衝動，用手機錄著那顆白豆腐般的裸露腦子，心裡在意的，卻是解剖台上的駭人景象。

死者的頭已經被截掉一半了，裡頭空蕩蕩的，腦袋已經被取了出來，看著跟恐怖電影沒兩樣。更可怕的是，她因此而多出來的那截頭皮，軟趴趴的垂了下來，蓋住了自己的眼睛，血腥無比。

許家偉整個人都不好了，這是他從警以來遇過最噁心的事情，雖說這樣子講對死者不敬，但他真的要承認，他媽的，他都快被嚇尿了！

「目前都沒問題唷。」法醫說道，將腦子就給裝了回去，並將頭顱重新蓋上，簡單縫合，頭皮也掀了回來。

接著又是下一個令人駭然且匪夷所思的場景了，法醫開始「丟東西」。

法醫拿起鐵架子上，那一枚一枚的器官，什麼心臟、肝臟、肺臟……等等的，不按順序就往死者的身體裡丟，那被儀器撐開的胸腔好像裝不滿一樣，想丟什麼就丟什麼。

這就是解剖的殘忍血腥，法醫通常沒那個時間按原位將內臟給裝回去，都是隨便放、隨便丟，反正等等身體一縫合，就什麼也瞧不出來了。

難怪新聞上，家屬一聽到要解剖，都是哭得死去活來，堅決要求不要解剖，正是這個原因；且通常到了萬不得已，檢察官才會選擇解剖，一旦解剖，屍體都是面目全非，即使外表完好，裡頭的內臟被捏來刪去，也支離破碎了。

「再翻到背面讓我看一下。」這時，檢察官忽然說道。

法醫原本打算收工了，聽檢察官這番話，只好又戴起手套，重新回到解剖台前。

法醫驗屍的方向其實是很明確且侷限的，既已到了解剖階段，就不用看屍體的外觀特徵了，什麼有無被毆打痕跡、有無瘀青紅腫、體態死狀是否彎曲、脖子有沒有勒痕，都不用看，先前都看過了。

解剖主要看的點，在於內部。他看肺部是否有積水，以判定是否遭人溺斃；看胃裡頭都裝了些什麼，是否食物中毒；看眼後睫狀體堆積了什麼，是否遭人下藥——解剖的內容有限且專一，再加上多年執業的經驗與慣性，該檢查什麼，閉著眼睛也知道。

但檢察官卻突然說，要看「外部」？

「要看背面哪裡？」法醫疑惑的問道，但還是按住屍體的肩膀，準備翻身：「昨天不是看過了嗎？」他們兩個在昨天，已經對屍體的外觀做過一次全面檢驗了。

「藥檢出來了嗎？」檢察官問道，顯然昨天就已經對屍體進行了血液檢查。

「出來了，有 Barbiturates 和 Amphetamines。」法醫回答道，他記得報告的內容，幾個小時前剛出爐的而已，他口中的英文，正是安眠藥與某毒品的學名。他補充道：「和胃裡找到的殘劑符合，至少是在死亡前六個小時內服下的，不會太久。」

許家偉依然在錄影，兩人所言，他雖然聽不懂，但他也知道，這肯定是一起兇殺案，否則不會動用到解剖。

「翻過來我看看。」檢察官盯著屍體說道，和死者那陰沉而血跡斑斑的臉相呼應，讓解剖室內的氛圍頓時變得冰冷：「有件事很奇怪。」

許家偉也開始覺得奇怪了，他畢竟是個刑警，從法醫下刀到現在，他注意起一件詭異的事情——這屍體，怎麼沒有頭髮？

這是一具女屍，名字叫做陳美華，身為一個女人，即使不長髮披肩，也應該要有頭髮才對，怎麼會是個光頭？

不僅如此，女屍全身光滑，就連私密處也沒有一丁點毛髮，像做過除毛手術一樣。潔白的胴體完美無暇，若不是遭到解剖摧殘，還以為是什麼仿真塑像。

就這樣一具詭異的屍體，沒有任何外傷，究竟是怎麼死的呢？

「翻過來。」檢察官再次說道，帶著公布答案的語氣。

女屍被翻過身的瞬間，許家偉雙眼瞪大，猶如千鈞壓頂，險些喘不過氣來。

這究竟……是起什麼樣的兇案？

第三章

驗屍並不代表解剖，驗屍，顧名思義，就是看看屍體、翻翻屍體，和侵入性的解剖是不一樣的。所以不是每次有死亡案發生，都需要解剖，但至於驗屍，就是一定要的了。

眼前的無髮女屍讓氣氛驟變，她正面的軀體光滑無暇，背後卻令人怵目驚心，從肩胛骨到腰際，被刀子劃出了一道一道的傷痕，有的已經成疤，有的卻還向外翻著新肉；有的長達數十公分，有的則像用刀尖戳成的一樣小。

有的輕描淡寫，有的蠻橫殘暴；有的掐著能看到溝痕裡的憤怒嫉妒，有的彷彿是枕邊人的柔聲細語。這是情殺，任誰都能看見裡頭的彎扭曲折，寫滿了痛苦與悲情，經年累月、層層疊疊。

「這……」許家偉看得目瞪口呆，他第一次見到這麼可怕的傷口。

「很驚人，對吧？」檢察官說道，湊近打量那如山水畫般的無數刀疤：「感覺有幾百道？還是幾千道？有的已經淡掉了，舊裡有新，新裡有舊，都算不出來了。」

他並不是在誇飾或有感而發，他們偵辦刑案，死者被砍了幾刀，就是要算得一清二楚，再怎麼密密麻麻，法醫都得挨著屍體，拿放大鏡算出來，寫在驗屍報告上。

但眼前這……已經不知道該怎麼算了！要是有「密集恐懼症」，看了都得犯怵！

「那檢座，你打算怎麼做？」此時，派出所的同仁問道。

檢察官、法醫、派出所警察，他們三個都已經看過這具大體了，只有許家偉是第一次見到。

檢察官並沒有回答，他讓法醫將屍體翻過來，就是要再一次看看這「刀背圖」。縱然它已經被拍了近百張的照片，保存在檔案庫中，他還是想趁解剖時再研究一次。

「這刀割得可真講究，你們不覺得嗎？」檢察官從口袋拿出他的老花眼鏡，不顧大體散發出來的惡臭，接近查看，像在研究什麼值錢古董似的。

「勉強估計，有七十四刀是一週內的傷口，兩百三十四刀是三個月內的傷口，其他的無法追溯。」法醫拿起手中的報告，淡定的說道，這數據可是他一筆一筆親自算出來的：「找不到致命傷，從屍檢結果來看是失血過多，導致多重器官衰竭死亡。Barbiturates 和 Amphetamines 不影響這個判斷。」

「那兩款藥有抗凝血功能嗎？」檢察官並不懂醫學名詞，只是直指重點的問道，以他的見解，若所有的刀傷都不是致命傷，那傷口便會在血流盡之前癒合，不可能造成死亡。

除非服用了抗凝血劑，如阿斯匹靈，阻礙了傷口癒合，又或是將自己泡在浴缸之中，效仿割腕那樣的方式，利用水的性質把身體的血放光。

「沒有抗凝血功能。」法醫搖搖頭：「Barbiturates 是安眠藥，Amphetamines 是冰毒。」

「那就奇怪了，案發現場，她也沒被泡在水裡，怎麼會就這樣失血過多死亡？」檢察官疑惑道：「你確定血檢的結果沒錯？」

「驗兩次了，不會有錯。」

「然後今天解剖也沒找到什麼？」檢察官接著問。

「沒有，可胃裡的檢體會拿去送驗，還有其他部位，但找到新證據的可能性不高。」法醫再次搖頭，剛才解剖的過程中，他已經先用簡易試劑將所有的器官都測過一次了，試劑沒測出來的東西，再送化驗多半也不會有其他進展。

「你要確定欸，不然就等著『二次解剖』。」檢察官沒好氣的說道，這次驗屍要是沒找到新線索，未來二次解剖的可能性非常高。

「檢座，我們都配合這麼久了，你是在懷疑我的能力嗎？」法醫不高興的雙手叉腰：「沒人想要二次解剖，尤其是我，很累欸！」

兩人聊得不亦樂乎，將剩下的人完全晾在一旁。然而被無視的其實只有許家偉，因為只有他完全聽不懂大家在講什麼，他並沒有參與這起案件，他只是來代班的，而那個派出所的警察，至少是承辦人員，親手處理了所有案發經過。

「如果血檢的結果沒錯，那就只能是他殺啦？」這時，派出所的警察插話道：「她靠自己是沒辦法把自己放血弄死的，肯定是有人不停用刀劃她的背，讓她一直流血，直到流死。」他伸手比劃著，活靈活現的說道：「你不是說她血液裡有安眠藥嗎？她就是這樣昏昏沉沉被割死的，醒不來！」

「嫌犯怎麼說？他有承認？」法醫問道：「不是她前夫嗎？」

「當然沒承認啊，而且還有不在場證明，非常難搞，但我還是先聲請羈押了。」檢察官回答，他既已逮住了嫌疑人，就不能輕易放走：「我已經跟法官提出新證據，質疑他的不在場證明，就等法官晚點開庭。」

三人一直聊著許家偉聽不懂的案情，真的將許家偉晾在一旁了。而整個解剖室的氛圍，也隨著女子的翻面，從血腥陰暗的殺戮中，轉進了偵破的推敲裡，多了些新鮮生氣。

劇情也由此翻進了新頁，三人圍在光頭女屍身旁，好似在討論什麼奇形古怪的藝術品。她也確實耐人尋味，渾身光滑無毛、畸形怪誕，一翻面，卻翻出了個這麼驚天動地的「刀背圖」。

許家偉恍著神，拎著手機待呆站著，誰也不知道他早斷線，腦袋空空如也，只有嗡嗡嗡的死機聲不斷徘徊，占據他的一切。

他認識這個女人。

第七隊的阿祥將一起死亡案丟給許家偉，讓許家偉去陪同檢察官驗屍，不料卻牽扯出一樁離奇的懸案。

遭殘忍殺害的光頭女屍，竟是許家偉認識的人！

「嘔嘔嘔嘔嘔。」在板橋殯儀館的洗手臺，許家偉狂吐。

他已經分不清自己是因什麼而吐了，是血肉模糊的解剖過程、鋸開頭骨的燒焦味，還是令人產生密集恐懼症的「刀背圖」？

他只知道一件事，這個女的他認識，是位美髮師，任職於市中心一家沙龍店，許家偉的頭髮都是給她剪的，手藝很好，他讓她剪了整整一年，其中染髮過一次，燙過兩次，都是經由她之手。

就這樣一個人，竟然死了？

「嘔嘔嘔嘔！」許家偉再次狂吐，將早上吃的包子都吐了出來，吐得涕淚縱橫，作嘔的衝動仍遠遠止不住。

許家偉對她的認識並不深，只是管她叫艾莉絲，那是她的暱稱，她的顧客與美髮店的同事都這樣叫她。許家偉對艾莉絲的印象，總是停留在那優雅的身姿與曼妙的背影，她有一種高冷的美，她不善與客人對談，也不會推銷產品，但她能剪出所有時髦的男女髮型。

她的好生意不從巴結顧客而來，她會安靜的剪著，最後捧了捧你的頭髮，微笑的來一句：「好看嗎？」

「艾莉絲……」許家偉抓著水龍頭糾結，依然不敢相信艾莉絲死了。

解剖的時候，許家偉完全沒認出艾莉絲，因為大體已經被理了光頭。是最後他發現她的腳上有一道和艾莉絲一模一樣的蝴蝶刺青，再比對一下五官，才確認那就是艾莉絲沒錯。

艾莉絲長得瘦瘦高高，有一百七十幾公分，纖細的鼻梁與突出的顴骨讓她顯得病態而蒼白，好像永遠吃不飽飯。她總是慢悠悠的拿著剪刀打量客人，問今天想剪什麼髮型，連同事都和她不親近。

正是因為如此認識，才讓許家偉覺得噁心。他接觸過大大小小的屍體，有車禍死的、有上吊死的、跳樓死的……各形各色，到後來他已經麻木不仁了，如今見到艾莉絲的屍體，才讓他又找回正常人該有的反應。

「陳美華……」許家偉唸出艾莉絲的名字，這是他第一次知道她的本名。

艾莉絲的筆錄以及所有的卷宗都在他的腰包之中，但他還沒能鼓起勇氣去看、還沒心裡準備去了解艾莉絲是怎麼被殺害的。他只知道，一個優雅美麗、散發著空靈氣質的女人，被人給硬生生的理成了光頭，背上還被砍了數千刀；她可是美髮師呀，一個美髮師，竟然被以這種淒慘醜陋的方式結束了生命！

「那跟你有什麼關係?」此時,他的耳邊傳來聲音,有人揶揄他:「你甚至連她的真實名字都不知道,在這多愁善感什麼呢?裝熟?」

「你給我閉嘴!」許家偉憤恨說道,用帶有殺氣的眼神瞪了身旁的人。

那不是誰,正是他的出氣包,他神祕的朋友,「不倒翁」。

不倒翁穿著一件黑色風衣,將臉隱藏在連身帽中,顯得很低調。但許家偉一巴掌就呼過去,扯掉他的帽子,將他拖過來,壓在水龍頭下方淋水:「我這麼衰你很開心是吧?是吧!」

不倒翁被淹得不斷掙扎,臉孔埋在水槽中,咳嗽連連,頭髮和衣服全溼了,毫無尊嚴。許家偉的嘔吐物就堵在排水口前,散發出惡臭,許家偉就要讓不倒翁知道他有多難受,他剛才吐得有多難受,現在不倒翁就要有多難受!

「咳咳咳咳!」

「哇噗噗噗噗!」水流不斷從後腦勺淹到不倒翁臉前,因為重力匯集的緣故,這種淋水方式反而讓不倒翁連一點呼吸的機會都沒有,彷彿古代逼人招供的酷刑。

「看你還敢給我說三道四！」終於，許家偉放過了不倒翁，鬆開了手。這裡畢竟是殯儀館的廁所，兩、三個路人紛紛側目，不曉得是誰因為什麼原因在吵架，許家偉礙於眾人目光，只得暫停對不倒翁的懲罰。

「不對呀，轄區內發生這種兇殺案？我怎麼不知道？」許家偉若有所思的問道，覺得很奇怪：「啥時候發生的呀？」

他終於拿出了包包裡的卷宗，開始端詳陳美華死亡一案。

光頭女屍，多麼聳動的標題呀，一般這種命案都屬於重大社會性案件，媒體會爭相報導，發生後，整個分局都會受到衝擊，偵查隊會直接介入，協同鑑識小組全力偵辦，分局長也會成為形式上的主要負責人，對外發布記者會——用常人聽得懂的話來說，一旦發生這種案件，許家偉早就被召回單位上班了，整個刑警隊都會出動，哪可能放假？

但他不僅沒被召回上班，甚至連有這種事發生都不知道?!

「我是活在平行世界嗎我？」許家偉倍感古怪，拿起筆錄查看，頭暈目眩。

根據筆錄內容顯示，陳美華死亡案是發生在週四早晨，因鄰居察覺屋子有異味，通報警方破門而入，才發現了屍體。

而許家偉週三晚間就放假了，所以完全錯過了案子偵辦的進展。但這也說不通，他是單位裡面最菜的菜鳥，前輩們應該會第一時間叫他回去幫忙才對，做筆錄、打字、聯絡家屬、連結關係人、調閱監視器、追查嫌犯、追查嫌疑車輛，這些全都需要使用警力，沒道理許家偉能置身事外。

「難道……是你？」許家偉轉頭看向頭髮溼漉漉的不倒翁。

許家偉可不糊塗，他猶記上陽明山的那晚，偵查隊曾經有事要他回去，但不倒翁卻干預了這件事；不倒翁打電話施壓，使了手段，讓許家偉度過了一個安穩的假期，誰都別想來打擾。

他現在才知道，不倒翁竟然連後來的光頭女屍一案，都幫他給「處理」下去了。當整個偵查隊為了一具女屍忙裡忙外時，只有許家偉一人能袖手不管，從頭放假放到尾，連有這件刑案存在都不知道。

「你以為這樣做是對我好嗎！」許家偉氣得咬牙切齒，渾身顫抖：「難怪阿祥那麼恨我，把相驗的事丟給我，故意讓我來看解剖！」

不倒翁這是害慘他了，他本來就被其他同事排擠，如此一來，他豈不是更無容身之地？

「你這垃圾，根本是存心要讓我待不下去吧！」許家偉從口袋中掏出了一把打火機，他本身沒有抽菸，這打火機就是給其他前輩點菸用的，這時他卻將它燃起：「難怪早上胖明哥還唸了我一頓，說我心很大，敢放這麼長的假，現在想來真是話中有話。」

轄區內發生這種兇殺案，屬於急件中的急件，今天是禮拜天，許家偉從週三晚上放假放到今日回歸，就這幾天的時間，蘆洲偵查隊已經把案子處理完，並移交給地檢署了；從時間線來看，許家偉與光頭女屍完全擦身而過是合理的。

「垃圾，給我進去！」許家偉大發雷霆，將不倒翁給推進了廁所的隔間，此時，他手上的打火機已經燒得通紅。

他翻開不倒翁背後的衣服，拿著燒得滾燙的打火機鐵殼，往他裸露的背上就按下去。

「啊啊啊啊啊啊！」不倒翁慘叫。

許家偉在不倒翁的背上留下了烙印，而這並不是第一個烙印，攤開他的背，竟是怵目驚心，又似曾相識：全是一個又一個黑色的燙傷痕跡，不僅如此，還有大片瘀青，以及籐條鞭打的血痕——簡直就像另一幅陽春版的「刀背圖」。

許家偉破口大罵，絲毫沒有產生相關的聯想，反而更加帶勁。他甩著打火機的燃油，再次點燃，對著不倒翁的背又是一次烙印。

「哇啊啊啊啊啊啊！」

他在工作時受到的委屈，以及在解剖室中的噁心感，全在此時得到了紓緩。不倒翁身上有大大小小的傷，有些可能就是陽明山那晚，許家偉拳腳相向所致的，舊疾未癒，又添新傷。

回到偵查隊之前，許家偉已經將陳美華的整起死亡案都研究完畢了。

陳美華，也就是艾莉絲，住在蘆洲分局的轄區，是蘆洲本地人，工作地點也在蘆洲。這蘆洲是新北市最被漠視的行政區之一，位處三重區北邊，什麼都市更新、防洪區重劃，都沒有蘆洲的份，近期才因為捷運新路線的規劃，而有活絡的跡象。

陳美華，單身，曾有過一段為期三年的婚姻，但在去年就離婚了。她與前夫沒有孩子，但仍時常有往來，警方所調閱到的通聯記錄，最近一筆，還可追溯到幾週前。

陳美華住在市中心的一處出租套房內，三十二歲，沒有什麼財產和積蓄，家世淒涼，自小便沒有父母，由奶奶養大，也就是解剖時在門外哭得死去活來的那個阿婆。她的學歷只有高職畢業，美髮是她此生唯一做過的工作，自國中起便開始半工半讀，練就一身手藝，經濟上也獨立自主。

話要說回案發當天，經法醫檢驗，陳美華的死亡時間應落在週三晚間，也就是發現屍體的十二小時之內。她是在週四早上八點被發現的，因隔間套房的通風系統相互連動，不存在那種死好幾天才因為屍體腐爛而被發現的狀況。鄰居早早就聞到異味，通報房東，並也通報警方。

第一批到場的，自然是派出所的外勤員警，而不是偵查隊的刑警。他們敲門無人回應，再加上聞到有血腥味，便破門而入。

這下眾人都驚呆了，連跟在一旁看好戲的鄰居都被嚇破了膽，默默的回到自己家裡，不敢再湊熱鬧：只見陳美華陳屍在床邊，臉部朝下，頭髮披散；到處都是血跡，從牆壁到廁所、從床單到衣櫥，不是血痕就是掌印；出血的規模更是驚人，從床邊到玄關，整片地板都被乾掉的血液給覆蓋，無一處縫隙。

難怪不到二十四小時的時間，鄰居就能聞到異味，這跟鬼片的情節沒兩樣了，彷彿死者全身上下的血都被放光似的。

派出所警員當即就退離門口，拉起封鎖線，不敢破壞現場。這無疑是起兇殺案無誤，他們立刻聯絡分局偵查隊和鑑識小組，請刑警過來接管案件，並通報更高層的刑事警察局。

然而經過重重的偵辦及採證之後，這起眾人一口一聲說是兇殺案的刑案，竟更傾向於被定調為——自殺。

「蛤？」許家偉拿起滿滿一疊筆錄時，是越看越撲朔迷離。

這種案件怎麼可能是自殺呢？

亡者死狀淒慘、鮮血四濺、刀傷無數，這不是他殺也得是他殺，但經過鑑識人員及法醫的檢驗後，專家們的見解，卻認為這是一起自殺案件。

原因如下：現場留有遺書，交代了死者輕生的原因，送驗後確認是死者本人的筆跡無誤；現場留有大片血跡，卻沒採集到任何可疑的腳印或指紋，牆上的血掌印都是死者自己的；最後，現代社會講究科技辦案，警方調閱了套房大樓的監視器，包含出入口及電梯的，甚至也傳喚了警衛室保全來做筆錄，都沒有發現相關嫌疑人。

光最後的監視器，就咬死了案情，從週三下午艾莉絲回到家，到週四早上被發現陳屍於屋內，電梯及樓道都沒有拍到行跡可疑的嫌犯，出入的多半是住戶或外送員，前後加起來，大概有二十四人，但這二十四個人全都沒有嫌疑，也沒有動機去殺害艾莉絲。

監視器就是鐵證，監視器將所有出入口、樓梯間、電梯的畫面都一分不差的錄下來了，除非嫌犯是從大樓外牆爬進艾莉絲位在十一樓的家，否則沒有人能夠接近艾莉絲了。

所以專家們一致認為，按照客觀證據來看，艾莉絲就是自殺的。

遺書如此寫道：奶奶，抱歉，我知道會讓妳傷心，但我想，只能讓妳傷心了。我覺得再繼續下去好像沒什麼意義，生活，越來越沒有滋味。

就這樣短短的兩句話，便帶來了艾莉絲的死，它既沒有道出輕生的具體原因，也沒有述說其他情緒。這是一份毫無意義但棘手無比的遺書，它和監視器的存在，像巨大的兩座山，坐實了艾莉絲的自殺。

然而這哪是自殺啊？案發現場一片恐怖、血跡斑斑、社會譁然，警方要是真以自殺結案，豈不被撻伐個滿頭包？他們必說其中有蹊蹺，說警察吃案、沒有作為，甚至可以扯出一大篇陰謀論。

因此警方只能抓著那二十四個人，查了又查、查了再查，什麼王先生李太太，當時坐電梯上樓是幹什麼去了？回到自己家裡吃了什麼？和誰講了電話？看了什麼電視？都要請相關人士，甚至是家裡的小孩子來做作證。

警方也確實頭疼，若不是艾莉絲死狀這麼淒慘，他們大可以用自殺來結案。怎麼說呢？因為凶器找到了，一把刀子，就丟在玄關處，鞋櫃旁邊，上面只有艾莉絲的指紋，從「血跡噴濺型態」來看，是從艾莉絲坐在床邊的角度丟出去的。

艾莉絲往自己的背上劃了好幾刀，就將刀子遠遠丟開，然後放任自己死去。遺書和監視器都幫忙證實了這點，至少監視器和現場跡證可以確定，無其他人在場。

但警方依然不敢大意，只用了「疑似自殺」的名目將案件移交出去，收到案件的檢察官也不敢大意，申請了解剖相驗，這才有了今天的殯儀館之旅。

經過解剖，疑點並沒有被消除，反而被進一步放大了。血液檢查沒有在艾莉絲體內找到抗凝血劑，法醫也未在解剖過程發現新證據，這導致他們確定不了艾莉絲的真正死因，找不到致命傷。

依法醫的見解來看，艾莉絲生前曾遭受過長期暴力虐待，導致背部有近千道傷痕，但這些傷都無法直接造成艾莉絲死亡。在艾莉絲死前十二小時內出現的新傷口，計有九道，是用水果刀劃出來的，刀子就丟在鞋櫃旁邊，跡證吻合。這些傷口在艾莉絲死前，都已經凝結癒合，從一種人體特殊的酶可以檢驗出來，直接在傷口處就能找到。

九道癒合中的傷口就算想流出這麼一大片鮮血，也非常困難，尤其刀刀都沒碰到動脈。檢調單位和法醫研究所為此十分苦惱，想了老半天也沒想出個合理結論，只能勉強認為，艾莉絲是「虛弱死的」！

所謂的虛弱死，可以是流血導致的餓死、冷死、呼吸太少缺氧死，有點像把一隻狗丟在野外棄之不管，就算牠沒受傷，最後也會死亡。法醫給出的體面解釋為「低血糖型休克」，死者就是自己把自己活活「虛弱死的」。

屍檢內容根據現場跡證如此寫道：死者疑似靠在床邊，右手持二十公分水果刀，手腕彎曲向後，自左下腰、左腰正中十公分範圍內、左肩胛骨處劃出九道深淺不一的傷口，並將刀械沿正前方一點鐘方向扔出，接著於二至十二小時內因低血糖休克引發多重器官衰竭死亡。

血檢中發現的安眠藥及冰毒（安非他命）不影響這個結論，艾莉絲有服用安眠藥及吸食毒品的習慣，警方在她的抽屜找到相關證據，包含就醫證明與毒品吸食器。總之，無論如何糾結死因，所有的證據都已經將艾莉絲一案從他殺中拉出來了，只可能是自殺。艾莉絲發了瘋似的自殘，在房間內留下大片血跡與血手印，然後坐到床邊，昏睡等死。

唯獨檢察官及警方仍不肯放棄，這案件要是以自殺結案，無法給社會大眾交代。檢察官因此逮住了一個漏子，艾莉絲背上不是有「刀背圖」嗎？那可不是她獨自一人就能完成的，法醫已經證實了，某些疤痕是外人所為，以自己的角度是無法劃傷的，法醫並給出了「艾莉絲生前曾長期遭人虐待」的結論。

檢察官馬上就把腦筋動到艾莉絲的前夫身上，她前夫姓范，有家暴前科，當年正是因為家暴和艾莉絲離婚的，但兩人又藕斷絲連，常有聯絡。

檢察官馬上聲押了那位范先生，理由是，范先生在兩週前和艾莉絲有過電話紀錄，而且，在傳喚范先生做筆錄的過程中，范先生堅決不肯透露電話內容，這讓檢察官逮住了把柄。

全天下的希望現在都寄託在范先生身上了，他最好就是兇手，否則艾莉絲一案就成懸案了。艾莉絲為人孤僻，並未和人結仇，更無親密朋友，最大的嫌疑人就是范先生，雖然范先生沒有出現在大樓的監視器中，而且擁有不在場證明；他稱自己當時在一家五金行買東西，五金行小姐可以作證，但檢察官依然堅持將他羈押，除非他吐出更多線索，否則不會放人。

此案的膠著點，目前就停留在「羈押范先生」上頭，也已經沒有其他施力點了。法官也很想知道，范先生那通電話究竟和艾莉絲講了什麼，為何死活不肯透露？是不是電話造成了艾莉絲的輕生？這些都需要釐清。

許家偉還是無法相信，幫他剪頭髮的艾莉絲就這樣死了。

第四章

晚上六點鐘，是蘆洲偵查隊開會的日子，像他們這種大單位，一般都是每天要開會，內容包括檢討績效、交代上級吩咐事項，以及羞辱人。

——對，羞辱人，許家偉就是這樣認為的。

「許家偉，站起來。」從前方主管位置傳來聲音。

開會的地點一般在隊長室前面的拼桌進行，借用第一小隊和第二兩隊的辦公位置，偵查隊長和副隊長會坐在前面，其他小隊長和刑警則在另一側聽訓。

今天隊長休假，由副隊長主持會議，他正是指派許家偉去看解剖的罪魁禍首，現在還當眾人的面，把許家偉叫起來斥責：「你這是什麼工作態度？」副隊長問道，並拿起一張紙，那是許家偉遭到民眾投訴的紀錄：「你跟民眾約做筆錄，然後放民眾鳥？有你這樣的爛警察？」

他當著眾人的面給許家偉難堪，不停甩著那張紙：「民眾說他為了這起案件都跑警察局三次了，你到底會不會辦案啊？都來多久了？還跟個白痴似的。」

若換作是以前，許家偉肯定會被罵得面紅耳赤、無地自容，但現在他已經習慣了，反正大家都是在針對他，無所謂啊，真的無所謂。

民眾跑了警察局三次，說的正是許家偉放假前後都一直搞不定的那份筆錄。派出所的學長亂搞，一會兒沒問到監視器、一會兒又漏了其他東西，導致許家偉必須親自將筆錄給完善，才有辦法繼續送件。

許家偉原本跟民眾約好了今天做筆錄，卻又臨時變故，改約時間，這讓民眾終於受不了，選擇向督察組投訴，說警察行政效率低下，一個簡單的案件要浪費民眾這麼久的時間。

但，這究竟是誰的錯？要不是阿祥突然丟一個解剖案過來，許家偉有至於被逼到這個地步嗎？同意阿祥亂搞的，不正是眼前這個人，偵查隊的副隊長嗎?!

「申誡一支啊，先報督察組，之後報隊長同意，追加懲處！」副隊長不留情的說道，拿著紙朝許家偉罵道：「你要是不想做就滾蛋，別在這裡扯後腿！」

每個人都在針對他，派出所的警察針對他、阿祥針對他、副隊長針對他、民眾也針對他，許家偉咬著牙，真的有苦難言，所有的委屈，和著血也得吞下。

胖明哥已經下班回家了，無法幫他說話，他所處的第四小隊，小隊長也袖手旁觀，連理都不理他。副隊長追究完懲處後，並沒放過許家偉，他讓他整場會議都罰站，像個小學生一樣，忍受大家的嘲笑。

最扯的就是阿祥了，他竟然在現場，跟著一起開會，笑得最狡獪的就是他了。但他明明說下午要休息，才把解剖案丟給許家偉的，現在卻大剌剌的混在眾人之間，連裝都不裝一下，完全沒把許家偉放在眼裡。

隊長，都是隊長害的！

許家偉在心裡暗自詛咒道，他如果有刀，一定會將隊長碎屍萬段，他知道一切都是隊長的陰謀，是隊長慫恿了其他人，讓大夥兒一齊欺負他。

但所謂的隊長，此時根本不在現場，只有一塊寫著「偵查隊隊長」的立牌擺在桌上，象徵著主管的威嚴。發話的仍是副隊長，副隊長花了十分鐘細數許家偉的罪過，接著才開始談正事。

「陳美華的案件，現在辦得如何？」副隊長看向第七小組的阿祥問道。

陳美華一案，就是艾莉絲一案，縱然傾動了整個偵查隊、甚至是整個警察分局的力量來偵辦，但形式上仍有一個人得全盤負責案件，這人就是阿祥。

阿祥馬上起身報告：「檢察官今天解剖了，報告得等明天才會出來。」

「除了那個前夫范先生，還是沒找到其他嫌犯嗎？」副隊長接著問。

「對，沒有。」阿祥如實回報：「法院駁回羈押，但檢座聲請抗告，就看能不能羈押成功。」

所謂羈押，就是對重大嫌疑犯進行「未審先關」的一個動作，在還未定罪前，就把他關進看守所，旨在防止對方逃跑、湮滅證據，或與其他人串供。羈押在司法上具有特殊意義，代表法院與檢調單位一致認為此人有重大嫌疑，象徵意味濃厚，能夠鼓舞士氣，有利於檢察官破案，客觀上也方便蒐集證據。

艾莉絲一案，到目前為止，嫌犯共有二十五人，包括范先生以及案發期間被監視器拍到的其餘二十四人。那二十四人已經被排除了嫌疑，筆錄全是在場諸位刑警製作的，是大家不眠不休趕出來的。

副隊長繼續問著艾莉絲的事情，那是蘆洲分局當下最棘手的案件，他們和檢察官一樣著急，想快點破案，但除了范先生以外，實在沒有其他線索。

「鄰居全都再次排查了嗎？」副隊長問道，問的正是艾莉絲那層樓的左鄰右舍，他們的套房一間挨著一間，只有一牆之隔，嫌疑可說是最大的。

「都問過了，都有不在場證明，而且都沒有動機殺人。」阿祥不厭其煩的說道，他早上才又請那位頭一個發現屍體的鄰居來做筆錄呢，已經是第四次筆錄了，那個鄰居依舊描述得繪聲繪影，說他是如何聞到有惡臭、如何報警、如何的機智神勇、熱心助人，但阿祥只想知道人是不是他殺的而已：「他們週三當晚都在家裡，有的在看電視、有的在講電話，都有監視器作證。」

專家們之所以敢定論是自殺，就是因為，艾莉絲的套房門口就安著一支監視器，從週三艾莉絲回到家，到週四被發現死亡，期間都沒錄到有人闖進她家；反而錄到了她那些鄰居經過，陸陸續續的回到自己家裡，連房號都錄得一清二楚，這恰恰證明了他們的清白。

「還有最後一種可能，是她前夫教唆她自殺的，透過電話，命令她自殺。」副隊長重新提起這個猜想：「教唆自殺也是一種罪，她前夫怎麼說？」

「就是沒有說啊，現在還死活不肯說！」阿祥無奈的聳肩：「他也是個怪咖，不曉得在怕什麼，檢察官很生氣。他和陳美華的最後一通電話是兩週前的事情了，兩週前的通話是能造成什麼傷害？但他還是不說，羈押也威脅不了他。」

「肯定有問題！」副隊長斬釘截鐵的說道，這種行為等同於不打自招：「他和那個陳美華之間，肯定有什麼祕密！」

「就看檢察官打算怎麼問囉？現在也只能等檢察官的命令，或是看解剖結果能不能發現新證據。」阿祥回答。

檢察官屬於檢調體系，而刑警屬於警察體系，兩者分屬不同機關，但警察有義務服從檢察官的命令，這是法律明文規定的事情。每起刑案，檢察官都是代表國家伸張正義的一方，檢察官負責提起訴訟，將罪犯關入監獄，而警察就是檢察官的左右手。

警察是第一個到達命案現場的人，所以警察能看到的事情，往往比檢察官更多。在實務上，檢察官無一不看重警察的觀點，警察所作的每個推理與陳述，都會決定案件的走向。

「跟檢座說我們這邊沒有新的意見，也沒有新證據。」副隊長說道，讓阿祥將他們隊上所做的最後證人筆錄都送到地檢署去：「今晚就送，然後，你們第七小隊待命啊，暫時別請長假，等陳美華這案子結束後再說。」

「遵命。」阿祥點點頭。

會議結束後，許家偉才如釋重負的結束他的罰站，坐到椅子上。他累死了，但還是惦記著一個東西，雙手拽著懷裡的包包。

阿祥讓他去看驗屍的卷宗，現在還藏在他包包裡，沒交還給阿祥。虧這阿祥也真能掰，明明不知道今天檢察官解剖時的細節，卻還能冠冕堂皇的應付副隊長，都不怕出岔子。

「喂，白痴，拿來。」阿祥走了過來，不耐煩的朝許家偉伸手。

他也不問今天解剖有沒有發生什麼事情，只是向許家偉要卷宗，顯然認為許家偉記不住任何東西，也辦不成什麼好事。

許家偉乖乖的掏出卷宗，交還給阿祥，並望著他離開的背影。

阿祥肯定不知道，他已經偷偷地印了一份複製本，現在就放在抽屜中，厚達上百頁，跟一本字典差不多。

「我才不相信艾莉絲會自殺。」許家偉嘟噥著，雙眼發呆的看他的金魚：「肯定是被人殺的，說不定還是隊長殺的。」

他腦海裡滿滿是艾莉絲長髮飄逸、拿著剪刀、優雅微笑的身影，那麼漂亮的一個人，怎麼最後就變成一具光頭女屍呢？實在太不合理了。

許家偉還有一大堆的筆錄、刑事陳報單、交辦單、查訪表以及各種公文要打，他是「文書警察」，還有一堆工作得做，但他現在全無心思去管了。他又看了曾金魚，然後就站起，偷偷地抱著那份陳美華卷宗，離開了偵查隊。

許家偉來到了艾莉絲的住所，也就是蘆洲的市中心，捷運蘆洲站附近。周圍人聲喧囂，情侶、上班族、親子家庭、學生們三三兩兩並肩，在騎樓裡穿梭，或下班、或通勤、或買東西、或往更深處的夜市覓食，城市的七彩燈火與熱鬧歡愉，讓許家偉好像呼吸了一把新鮮空氣，不再感覺那麼壓抑。

電器行裡的電視正在播報新聞，不是什麼，正是艾莉絲的死亡案。許家偉已經好久沒看新聞了，他甚至忘了自己放假這幾天在幹嘛，直到此刻，他才發現艾莉絲的死早已是社會的焦點話題，人人都在談論這起恐怖的兇案，只有許家偉是邊緣人，什麼都不知道。

許家偉按著筆錄上的地址，找到了艾莉絲所住的地方。這裡有點熟悉，像他曾經查戶口時走過的那些高樓華廈，但又有點不同。

現在的房子全是新世代的房子，有中央空調、系統家具、乾溼分離的浴室，很是高級。許家偉不曉得艾莉絲住這麼好做什麼，又不是自己的房子，只是租的而已，她難道很有錢？那為何要住這裡？

許家偉自言自語著，已經走進了華廈，卻被大廳的警衛給攔下來：「你是哪位？這邊沒有門禁卡不能進出。」

自從發生艾莉絲兇案後，華廈的管理就變得極其嚴格，連外送員都不得上樓。

許家偉冷冷看了他一眼，拿出了他的警察證，表示自己是刑警，警衛這才放行：「這麼晚還來搜索啊，這都不知道搜幾次了……」他嘀咕道。

其他人搜過幾次許家偉是不知道，但他是第一次。

他沿著筆錄給的資訊來到大樓A棟，使用警衛給的感應卡開啟玻璃門，接著進入電梯，還得再感應一次才能啟動。

戒備確實是森嚴，又到處都有監視器，難怪刑警們個個碰釘子，遍尋不著線索。要是換位思考，讓他們當殺人犯，還真找不到方法能夠衝上去幹掉艾莉絲；什麼從外牆翻進去，躲開監視器，就免了吧！以這大樓的高度跟安保規模，根本不可能！

許家偉內心只有一個疑惑：這種新式大樓，怎麼會有隔間出租套房？別看他在單位裡受盡屈辱，好似一個不中用的人，他腦袋可是很靈光的。一般隔間出租套房都是違法違建，所謂的「隔間」，就是將原本好端端的房子，一分為二，做成兩間租給兩戶人家。

這在建築法規中是被嚴格禁止的，尤其是新式大樓，它們的消防體系、機電功能、家具風格都是一開始就設計好的，不能隨意更改格局，否則很快會被政府單位及左右鄰居盯上。

「隔間出租套房」僅僅存在於老舊公寓中，只有那些二、三十年以上的建築，能逃過監管，在政府睜一隻眼閉一隻眼的狀況下，把一間房子變成好幾間，出租給別人營利。

直到許家偉搭電梯到達艾莉絲所住的十一樓，才知道是怎麼回事。

原來這第十一層樓被做成了專用的出租套房，類似旅館那樣，有專人維護和統一的清潔與保養，在新式大樓很常看到這樣子的混合建築，打從一開始就被設計成商用空間。

許家偉站在走道口，看紅色的地毯往盡頭一直鋪過去，牆上還掛著幾幅名畫，著實有種難以言語的違和感。

兩側的房門就如旅館會看到的那樣，一個號碼挨著一個號碼，十分制式，令人不太舒服，沒有「家」的感覺。

「怎麼會呢？我就喜歡住在這種乾淨的地方。」這時，他耳邊又傳來聲音，是剛才跟他一起搭上來的不倒翁。

「你意思是家裡很髒？」許家偉反問。

「不髒，但這裡更乾淨。」不倒翁直言道，眼神彎笑著，居心叵測。他那整齊的油頭好像這裡規矩的畫，恰似一體。

「你為什麼老跟著我？你沒有其他事嗎？」許家偉抱怨道，伸手就要搥不倒翁。

「嘿，別亂來，這裡有監視器了。」不倒翁指著天花板說。

「現在是我的時間，還他媽要你提醒我有沒有監視器了？」許家偉又作勢要揍他。

的確到處都是監視器，環視周遭一圈，天花板全裝著黑色攝像頭，二十四小時沒有死角的保衛這裡的安全。

許家偉從艾莉絲的筆錄卷宗中拿出了案發現場的示意圖，艾莉絲死在「１１１７房」，就在兩條走道之後。

許家偉帶著不倒翁，開始朝艾莉絲的家走去，沿途許家偉一直聞到血的味道，他看過案發照片，也看過死者的解剖過程，他不禁天馬行空的胡思亂想，等會兒會看到的畫面。

１１１７號房很快就到了，這裡就是艾莉絲的住處，也是命案現場。

房門是緊閉的，而且在接近房門之前，走道兩端就已經被用黃色封鎖線給擋住了，警告任何人不得任意接近。

許家偉站在封鎖線外，按照示意圖的描繪，很快找到了天花板上的一支監視器。這支監視器確實起到了決定性的作用，它的視角囊括走道兩側及艾莉絲家的房門，無懈可擊。

「監視器就不可能作假嗎？」不倒翁問道，問出許家偉內心的疑問。

「要怎麼做假？機台擺在中控室裡頭，難不成所有警衛聯合作假？」許家偉自言自語嘟噥道：「而且中控室裡頭也有監視器，誰幹了什麼都錄得一清二楚。」他直接否定這個假說。

接著他就低身越過警戒線，來到了艾莉絲的家門前。血腥味愈發濃厚，他戴上鑑識用手套，推了推安裝了現代密碼鎖的房門，紋絲不動。

他沒放棄，拿出了警衛剛剛給的感應卡，再次嘗試，但果不其然，密碼鎖還是發出了錯誤的嗶嗶聲，不可能用這張卡進入別人的房間。

「試試看這個。」忽然，不倒翁拿出了一張卡，上面的房號正是１１１７。

「你怎麼有這個？」許家偉問道。

不倒翁沒回答，只是暗笑。

許家偉接過1117的房卡，嗶的一聲，房門果然打開了。

眼前豁然開朗，伴隨著令人作嘔的血腥味，撲面而來。

艾莉絲的房間不大，根據筆錄所描述，僅有十坪的大小配一間浴室，不存在客廳或是廚房及陽台，她的住所正是一般青年男女的生活寫照。

從染紅的床單那裡，血跡流淌了半片地板，都已經凝固成薄薄的一層。這是已經被澈底搜查過的現場，鑑識用的軟布鋪在血跡之上，長長一條好似道路，用以化解體重所留下的腳印，供人行走。

許家偉畢竟是個刑警，擅闖命案現場也不會忘記該有的規矩。他脫下鞋子，赤腳穿上了防塵套，並戴上防止髮屑掉落的塑膠帽子，然後就按著軟布路徑，踏進艾莉絲的房間。

許家偉看了艾莉絲的卷宗好幾次，記得每張跡證照片，但現在置身其中，才有那種三百六十度身歷其境的感覺。

床的下緣就是艾莉絲陳屍的地方，雖然屍體已經被移走，還是能從床單的形狀看出端倪。與床尾相呼應的就是玄關的鞋櫃，許家偉跟著軟布，來到一個所有人都感興趣的位置——艾莉絲死前最後的視角。

許家偉蹲下來，蹲在軟布上，遙望門口，思索著艾莉絲最終看到了什麼：右邊牆上有三個血掌印，從形狀及大小來看，都是艾莉絲自己的掌印；浴室的門開著，裡面卻沒有血跡；床的尾端整片都是血，因液體具有毛細作用，長時間下來會將所有的部分都染紅，所以很難找到更細微的痕跡。

從檢調單位及法醫的結論來看，艾莉絲就是在這裡用刀自殺，了結了自己的生命。因為現場並沒有找到其他可疑的腳印或指紋，即便有范先生以前留下的指紋，那也是好久以前的事情了。

「這裡。」不倒翁忽然說道，讓許家偉過來床頭櫃。

許家偉沿著另一條軟布路徑，走到床頭邊，只見不倒翁也戴上了鑑識手套，倆落的就拉開櫃子，揭露裡面的物品。

是毒品吸食器，還有一堆衣服、香菸、打火機、指甲刀、眼鏡盒等等亂七八糟的東西。最重要的跡證，前人們都已經做標記了，他們用一種刑警專用的牌子來標示關鍵證據，牌子上會寫數字，並拍照留存。

這堆物品裡面唯一有被立牌標號的就是毒品吸食器，它是一組由玻璃球搭配吸管所組合成的簡易設備，「三十八」號的黃色牌子就放在吸食器旁邊，以此標示。

艾莉絲吸食的是安非他命，它形似一種半透明的顆粒，因看起來像冰塊的碎屑，結晶剔透美麗，所以又被稱為「冰毒」。

只要取少量冰毒放入玻璃球內，用打火機點燃，嗅聞散發的煙霧，便可攝取其中的興奮劑，獲得愉悅感。

「三十八」接著就連著床頭櫃上的「三十九」號掌印以及「四十」號掌印，能夠看出前人編排的邏輯：他們認為艾莉絲在吸食完冰毒後，就陷入瘋狂狀態，往牆上按了兩個掌印，過了好一會兒後，又在床的另一邊按上「四十一」號掌印。

這同時意味著，艾莉絲在吸毒之前就已經流血了，地板上，未被完全浸染的區域，能夠看出滴滴答答的淌血痕跡，正是艾莉絲走路顛簸的形樣。

「這女人是下定決心要死。」不倒翁推理道：「看不出現場有打鬥痕跡，她先割傷自己，接著又用了些毒品，從頭到尾都是她一個人瘋瘋癲癲的完成了自己的死亡。」

「重點是為什麼？」許家偉反問，有些憤怒：「她那麼漂亮，一個好端端的女生為什麼要自殺？」

「你為什麼一直強調她漂亮？你喜歡她這樣子的女生？」不倒翁問道。

「我喜歡她的氣質，她有一種不理會世俗眼光的氣質。」許家偉回答。

「然後呢，你為什麼這麼在意她的死？你跟她很熟嗎？」

不倒翁問到了一個重點，這會兒，許家偉也回答不出來了。

他明明有許多公務纏身，此時卻跑來插手一個跟他無關的案件，但他就是在意，他看著不倒翁的臉許久，忽然間有了答案。

「還不都是你害的嗎！」許家偉揪住他的領子，暴躁的說：「是你毀了我的人生，你毀了我的全部，都是你！」

他欣賞艾莉絲那種病態的美感，總覺得兩人之間同病相憐。他的人生是淒慘的，沒有任何喜悅的事情，他忽然發現，他總有一天會走上和艾莉絲一樣的絕路。

從看到艾莉絲背上那「刀背圖」時，他就已經被深深吸引了，他早已如艾莉絲那樣，進入一個漩渦之中。

「我們來做愛吧。」他說。

「好。」不倒翁回答。

「在這裡嗎？」他接著問。

「去浴室吧，那裡什麼都沒有。」不倒翁笑瞇著眼說。

「真的要在命案現場？」

「很刺激，不是嗎？」

許家偉拉著不倒翁，兩人走進唯一沒留下任何黃色立牌的浴室去了。

許家偉其實並不那麼在意艾莉絲，艾莉絲吸毒，他是第一次知道，但他也一點都不驚訝。他就像解剖那時，檢察官戴著老花眼鏡端看屍體、細心講究的模樣，只是好奇，非常好奇。

他很好奇，想找出一個答案，找一個和艾莉絲共同的答案。

第五章

艾莉絲的前夫最終保有了他的自由，法官駁回了檢察官的請求，讓范先生不必被羈押，只需配合應訊。

這件事雖然挫敗了檢方及警方的士氣，卻也在預料之中，他們並沒有理由去囚禁一個嫌疑不大的人，雖然范先生真的很詭異，不曉得在隱藏什麼祕密。

范先生在兩週前曾和艾莉絲有一通長達二十分鐘的電話，這事情原本沒什麼，檢察官在傳喚他的時候，也只是稍微提一下而已。但范先生的反應卻異常激烈，堅決不願回答有關那通電話的任何問題，這才讓檢察官起疑心。

「檢察官下午要再傳姓范的做筆錄，阿祥，你去把人帶到。」蘆洲分局裡，偵查隊正在開會，領頭的人說道：「務必帶到啊，提早把人帶去法院。」

「收到。」阿祥立刻站起來應話。

「解剖報告出來了嗎？」他接著問。

「應該快了，今天就會出來。」

「好。」

問話的不是別人，正是那位千呼萬喚始出來的人物，偵查隊隊長。

隊長名叫江禹斌，年近四十，在這個職位已經待了兩年，是基層刑警出身，經驗老道，曾因破獲重大槍擊案件而聲名大噪，是位實力派人物。

他對待部下很好，畢竟刑警講求破案與效率，不拘小節，但對許家偉來說，又是另一回事了。他常針對許家偉、欺負許家偉，當眾羞辱他。

「許家偉，站起來。」這時，江禹斌果然發話了。

江禹斌點名了許家偉，許家偉只能乖乖站起，準備迎接責難。

「你前天晚上去了哪裡？」江禹斌冷淡的問道，不慍不火，黑色的眸子卻藏著常人看不見的敵意：「告訴大家，你前天晚上幹什麼去了？」

「……」許家偉沒回答，不知道該怎麼回答。

「你前天跑到陳美華的命案現場做什麼？」江禹斌直接揭曉答案，然後將矛頭指向許家偉的組長，第四小隊的隊長：「彭仔，你底下的人這樣亂跑，胡搞瞎搞，這你都不知道？」

彭小隊長立刻站起來，連連道歉，臉色難看，並怒瞪許家偉。

許家偉擅闖命案現場，這事可大可小，說嚴重，也是十分嚴重。就好比有個關鍵證物被放在保險箱中，嚴加保存，卻有人自作主張，將它拿出來看一看又放回去，即便沒有改變它的構造，也十分不妥。

「許家偉，等等來我辦公室。」江禹斌直接撂下狠話，然後就結束會議。

大夥兒作鳥獸散，該做什麼就做什麼去。

阿祥等一干人等都在恥笑他，還做出了割喉的手勢，暗示他死定了。許家偉自知大禍臨頭，但也沒有特別緊張，反正他總有各種理由會被攻擊，每天都會被攻擊，根本不差這一件。

隊長辦公室裡，什麼都沒有，就一張桌子和兩個巨大的公文櫃，由此可以看出江禹斌的簡單俐落，他和那些喜歡擺字畫、擺心經、擺茶桌茶壺的人不同，他不搞那些花里胡哨的東西。

「關門。」許家偉一進辦公室，江禹斌就說道。

許家偉乖乖關上了門，接著聽後發落。

「你跑到命案現場做什麼？」江禹斌頭也不抬的問道，一面批改公文，一面用皮鞋點著地板，許家偉能聽出其中的焦慮。

江禹斌是唯一一個會穿襯衫與皮鞋執勤的刑警（隊長也是屬於刑警），他對制服有異常的執著，許家偉還沒看過他穿便服來上班。這可跟巴結上級無關，許家偉看得出其中的玄虛。

刑警承擔破案的重責大任，不需要直接面對民眾，所以不必穿警察制服。而且刑警長時間都處在加班的環境中，不是連續上班就是連續休假，所以穿著內衣和拖鞋，直接在辦公室裡過夜睡覺，是常有的事情。

江禹斌用皮鞋噠噠噠的點著地面，在許家偉耳裡，聽得格外刺耳與尖銳。

「我……去關心一下。」許家偉支吾的回答。

「關心？」江禹斌抬起頭來，手中的筆也跟著停下來了：「檢察官今天要重新採證，要是採到你掉落的皮屑，我看你怎麼解釋？」

「會很刺激。」

「什麼？」江禹斌愣住。

「沒事……」許家偉小聲的說。

「你過來。」江禹斌命令道。

許家偉聽命走過去，低頭不敢亂動，江禹斌盯著他看，竟忽然間彎起嘴角，一改在其他人面前嚴肅的樣子，用一種含毒的甜膩語氣問道：「聽說你老跟那個新來的說我壞話啊？」

他意指胖明哥，許家偉暗道不妙，他就知道隊長會盯上胖明哥。

「你講了什麼壞話，說出來我聽聽。」江禹斌說。

「報告，我……我不敢。」

「你不敢啊？我看你最近挺閒的呀？」江禹斌笑道，拿起手上在批的公文，正是有關許家偉被懲處的簽呈，有關「筆錄做三次」一案的：「被記申誡不痛不癢是吧？」

「我沒有。」許家偉趕緊搖頭，有股不好的預感。

江禹斌站起來，往旁邊的公文櫃翻找，很快就找出那份許家偉修正完畢的「第三次筆錄」。到現在，筆錄還沒從警察機關送出去，還在公文櫃中排隊，等待隊長蓋章，接著再由分局長蓋章，然後才能送出去。

只見江禹斌將那疊筆錄從透明夾中抽出來，開啟了牆邊的碎紙機，將筆錄就扔進去。

「啊……你！」許家偉看得差點吐血，腦子一片空白了。

他辛苦做的筆錄，就這樣被江禹斌給毀了，直接進碎紙機裡被銷毀了。

「我沒收到你的筆錄，看來你要重做了。」江禹斌笑著說道，像掐住了許家偉的脖子一樣，湊到他身邊補問一句：「聽說你想調離這裡，有這回事嗎？」

許家偉上一秒還沉浸在驚慌之中，一想要請民眾來做第四次筆錄，他還不被殺了不成？但這秒一聽到江禹斌的提問，他立刻回神，趕緊搖頭：「沒有！沒這回事！」

「那就好，不然我會讓你生不如死。」江禹斌威脅道，實在很難想像，能從他那體面的外表下說出這麼惡毒的話：「把你的工作做好，別動什麼歪腦筋。」

「遵命。」許家偉站得直挺挺，冷汗狂流。

「你可以走了。」

許家偉一聽這話便如釋重負，靜悄悄的退出辦公室，不敢再和江禹斌對到半眼。

江禹斌是隊長，是團隊的主官，擁有壓倒性的權威，他發布什麼命令、做出什麼決定，所有人都得聽話。因此許家偉說一切的迫害都是隊長害的，絕無虛言，警察的耳目可都靈光得很，他們就是看準隊長不喜歡許家偉，才敢這樣欺負許家偉；一方面可以討好隊長，做給隊長看，另一方面，欺負人也很爽。

「許家偉，過來。」許家偉一出辦公室，第七小隊的阿祥就把他喚過去，跟叫狗似的。

「做啥？」許家偉不情願的走過去，心裡還惦記著被攪碎的筆錄有沒有辦法復原。

「還做啥？收拾你幹的蠢事！」阿祥抓住他的手就將他拉過來，胡亂扯著他的拇指就往印泥中按，搞得一片又髒又紅。

事情是這樣子的，許家偉擅闖了艾莉絲的命案現場，現在要重新勘查，自然得排除他的指紋，否則一旦檢驗，冒出一堆大許家偉的指紋就麻煩了。

當天有進入現場的刑事人員全都被採集了指紋，許家偉現在也攪和了進來，讓阿祥很是惱火。

「這裡再蓋。」阿祥說道，指著一張紙，讓許家偉自己來按指紋。他身為這起案件的實際負責人，其實已經有一週沒好好睡過覺了，他才是最累的那個人。

「鞋子脫下來，你那天穿什麼鞋子？」阿祥不耐煩的問道，接著還得採集鞋印。

嗎？」

「就這雙。」許家偉邊說邊脫，然後不經意間問道：「隊長那天也有去現場

「廢話，隊長是現場指揮官，就你最屌，啥也不用做可以一直休假。」阿祥憤恨的說道，想到這，又氣呼呼的捏了許家偉一把：「這案子原本說不定是你負責，現在跑到我頭上。」

「什麼我負責？我請假請很久了，再說那天值班的是你們小隊！」許家偉趕緊喊冤，可不願揹這個鍋：「再怎樣也不可能是我們負責。」

「要你頂嘴！要你頂嘴！」阿祥又狠狠捏了他幾把。

許家偉一邊護著肩膀一邊喊痛，這時卻察覺到一絲異樣的眼光。他下意識地望向隊長辦公室，見江禹斌正凝視著他，兩人隔著一片辦公室、隔著人聲吵雜、隔著滿地被印泥弄紅的紙、甚至隔著只露出一條縫隙的百頁窗，兩人就這樣望著彼此。

許家偉有股不好的預感。

午餐過後，事情開始朝奇怪的方向進展。

范先生被阿祥給帶來了偵查隊，等會兒準備送法院給檢察官問訊，氣氛很是尷尬。這范先生本就被警察給認定是嫌犯，檢察官還要羈押他，現在兩相碰面，可謂是獵物遇上了用光子彈的獵人，兩邊都恨彼此恨得牙癢癢的，但誰都拿誰沒辦法。

「自己想好等等要怎麼回檢察官的話。」阿祥警告道，他雖是好說歹說才將范先生給帶來，但還是得嗆聲一下：「不要敬酒不吃吃罰酒。」

「垃圾。」范先生只回了這麼一句。

「你說什麼？」

「我說垃圾！」

被罵垃圾，刑警們卻也無可奈何，這范先生畢竟是被法院放出來的人，刑警們也只得摸摸鼻子作罷。沒道理人家被你羈押，現在還要跟你好聲好氣。

許家偉對范先生也很好奇，一直隔著辦公桌窺看那邊的動靜。范先生從事銀行業，經濟能力比艾莉絲好一點，長得一臉斯文，戴眼鏡，有股書卷氣，年紀不比艾莉絲大多少。

范先生和艾莉絲有過一段三年的婚姻，這兩人的前科檔案十分離奇，曾互相控訴對方家暴，最後又無疾而終，直到去年才離婚，兩人始終沒有孩子。

從外表，還真看不出范先生是個會動粗的人，他就像那種最溫文儒雅的公務員。「垃圾」兩個字大概是他能喊出最重的髒話，纖瘦的身軀更是手無縛雞之力。就這樣一個人，真的有可能殺了艾莉絲，在艾莉絲身上留下「刀背圖」嗎？

「阿祥，讓他進來，我問筆錄。」這時，隊長室內忽然傳來聲響。

奇怪的事情發生了，江禹斌竟然要親自做筆錄？

阿祥和他們第七小隊的領頭互看一眼，都是大惑不解。這范先生可是檢察官指定，等會兒要再作一次問訊的人，警察怎麼可以這時候突然插入呢？第一，會影響之後的筆錄判斷，第二，從情理上對檢察官很不尊重。

而且，他們警察早在案發當下就對范先生做過好幾次筆錄了，根本不需要再做一次。

「阿祥，沒聽到我的話嗎？」江禹斌再次喚道。

「隊長，等一下檢察官要做筆錄欸。」蔡小隊長替阿祥回答：「這樣不妥吧？」

「等等把我的筆錄一起呈給檢察官。」江禹斌說道，語氣毫無懸念：「檢察官就不必做了。」

就這威嚴，讓蔡小隊長不敢再怠慢，急忙使個手勢，讓阿祥帶范先生進去，全辦公室的目光也都聚集到此處。

江禹斌要問訊！

「隊長要問訊……」

「隊長要問筆錄……」眾人開始竊竊私語。

說到江禹斌，這可是個神奇人物，當年從地方刑警出身，一路破案破到被提拔進刑事警察局，曾在一天之內抓到綁架案的主嫌，讓歹徒連勒索電話都還來不及打就落網了。與他共事過、看過他辦案的人都稱他為天才，在那個監視器還沒有很興盛的時代，他能夠從人的言語及表情就斷定嫌犯是誰。

但自從某一天後，江禹斌就沒再問過案了，他貴為主管職，也沒有問案的必要，對一切工作事務也不感興趣，只是中規中矩的把守職務；與之相對的，他也將近兩年沒有晉升了，仕途停滯不前。

如今，江禹斌竟然要問案了？

「該不會是要破案了吧？」許家偉身旁的胖明哥眼神發光，彷彿找到了其中的關聯性：「我就說那個姓范的鐵定不是個好東西！這下中了吧！英雄所見略同，隊長肯定找到他什麼把柄了！」

「呃，還不能確定吧？」許家偉說道。

話音剛落，江禹斌接著又發令：「許家偉，你也進來。」

許家偉愣住，眾人也紛紛不解所以，找范先生就算了，現在還找個討人厭的許家偉做啥呢？

隊長不只找許家偉，還把阿祥也趕出了隊長室；這案件明明就是第七小隊的，你不讓第七小隊的人辦理，找個許家偉摻和，究竟圖什麼呢？

「關上門。」江禹斌對許家偉說道。

這下彷彿又回到了早上的場景，許家偉被單獨困在房間內罷凌，只不過，現在多了個范先生。但范先生的存在跟不存在沒兩樣，許家偉感覺自己被死死盯住，被江禹斌那雙眼睛。

一樣的辦公桌，江禹斌坐在位置上，范先生不甘不願的靠在另一側，隊長室原本只有一張椅子，是阿祥剛才又搬了一張進來，才讓范先生有地方坐。

所以總共有三個人，兩張椅子，許家偉只能站著。

江禹斌不說話，許家偉呆站著，范先生也不吭一聲，氣氛很詭異。

隊長室並不適合訊問，這裡沒有監視器，也沒有手銬腳鐐等等相關設備，若真要問筆錄，江禹斌的電腦裡甚至不曉得有沒有相應的格式檔案可以處理。

「知道嗎，你簡直是一無是處。」江禹斌對著許家偉說。

許家偉早已習慣了這樣子的攻擊，他聽過一個說法，掌權者總喜歡透過貶低他人，來鞏固自己的地位。而且他很清楚，在一段親密關係中，靠打擊對方來降低對方的自尊，使對方處在否定與懷疑中周旋，是一種讓對方離不開自己的手段。

聽起來十分拗口，卻是許家偉所看過，無數家暴範例的典型，不管是男性還是女性，只要在權力上發生傾斜，就可能使關係產生病變。例如太太全職在家照顧小孩，由丈夫一人獨自養家，久了以後，太太有可能會陷入自卑，認為確實是丈夫撐起了這個家庭，是一切的支柱。這時不管丈夫如何施暴，太太都會認為是應該的。

「你在想什麼？」江禹斌盯著他問道，那目光好似掃瞄機：「你的壞心思，還真的是挺多的。」

「報告隊長，我不敢。」許家偉趕緊說。

「你不敢啊？」江禹斌琢磨著，臉上冒出一抹微笑：「把衣服脫掉。」

「啊？什麼？」許家偉愣住。

「我叫你現在把衣服脫掉。」江禹斌再次說道。

一旁的范先生看得那是滿頭問號，他起初還十分彆扭的甩頭悶哼，在那鬧脾氣，現在卻被兩人怪誕的行徑給吸引住了：這……要被訊問的不是他嗎？他難道不是今天的主角嗎？怎麼兩個人一相見就自顧自的吵起來，連正眼都沒瞧過他一次？

「我說脫掉。」江禹斌命令道。

許家偉只好委屈將就地，將上衣給解開了，還羞憤不已的跑到百頁窗那邊，把唯一沒關好的扇頁給擺正，這下整個辦公室都與外頭隔絕了。

「我說范先生，」江禹斌此時終於轉過頭看向范先生，臉上帶著令人不寒而慄的笑意：「你看看這細皮嫩肉的，是不是少了點什麼？」他指著許家偉，彷彿在對菜市場的豬肉秤斤論兩。

「少了……什麼？」范先生面色僵硬，有些被嚇傻了。

「少了那個呀，『刀背圖』。」江禹斌笑道，捎手讓許家偉靠近：「把你的手機拿出來。」

許家偉哆嗦著，乖乖將手機交出去，放到桌上。

「你抖啥呢？」江禹斌問道。

「沒事。」許家偉搖頭，他並不是因為害怕，也不是因為打赤膊太冷，而是：「我尿急，可以上一下廁所嗎？」

「尿急啊？」江禹斌卻沒放他走，而是逕自將手機給解鎖，讓他繼續站著。他開啟了手機的相簿，對范先生說：「你過來瞧瞧。」

范先生猶豫不決的走近，定睛一看，臉色立刻變得蒼白。

螢幕裡顯示的不是別的，正是艾莉絲被解剖的錄影畫面，什麼開膛破肚、什麼腦殼子被揭開，一覽無遺，全程記錄。

許家偉別過頭去，不願看那噁心的景象，他縱使已經是位刑警，也不代表他可以習慣這些血腥東西。他到現在都還未將資料拷貝到警用電腦裡面，他遲遲不想打開相簿，不想去動這些資料。

江禹斌看著有趣，直接將裡面最有意思的一張照片設成了手機桌面，並且強制許家偉不得更換，必須每天照三餐看它——這張照片就是「刀背圖」，艾莉絲那花糊糊的背，被以最高解析度呈現在手機螢幕上。

「這……」范先生看了立刻退卻。

「你說，你畫的這什麼呢？」江禹斌轉頭問他。

「這不是我畫的！」范先生馬上否定，並帶著怒意與敵意的瞪視江禹斌和許家偉，到頭來，這些警察還是要他認罪：「她的死跟我沒有關係！」

「現在沒有人在講她的死，那多無趣啊？」江禹斌饒有深意的笑著，打量手中的「刀背圖」，彷彿在把玩什麼新奇事物：「我就問你，這畫的是什麼？」

「隊長，我想上廁所……」許家偉扭著屁股說道，已經被艾莉絲的解剖影片給引發了巨大尿意。

「我說不是我畫的了！」范先生義正嚴詞的反駁。

「我問你畫的是什麼？」江禹斌再次問。

「不是我畫的！也不是我殺的！」

「我問你畫的是什麼？」

「不是我畫的！」

「隊長，我想上廁所……」

「我問你畫的是什麼？」

「不！是！我！畫！的！」

「隊長……」

碰的一聲，誰知，江禹斌突然站起，目標忽然轉向，往許家偉的肩膀就拍下去，朝他露出了一個兇狠的表情。這一百八十公分的身高拔地一晃，將許家偉嚇得一時沒忍住，小便失禁了。

「對，尿，就這樣尿出來。」江禹斌循循善誘的說道，用溫柔的語氣。

只見黃色的液體從許家偉的褲管流出，涓涓作響，怎麼樣也停不住，無論如何都止不了，在江禹斌那如惡魔呢喃的嗓音之下，許家偉失去了控制膀胱的能力。

「尿，繼續尿，是不是很舒服？」江禹斌繼續說。

范先生在一旁看得都傻了，這哪是警察，他怕是碰上兩個神經病了！

他立刻收拾收拾自己，驚慌欲逃，往門口衝去，江禹斌卻喊住了他：「你別走，你要是走了，會錯過一場好戲。」

范先生依然堅持要走，卻被地上的一攤尿給擋住去路，只能從江禹斌辦公桌的後方繞道而行。在他倉皇改變路線時，江禹斌已經鬆開了領帶，解開鈕釦，學著許家偉，也脫掉了自己的上衣。

氣氛驟變，范先生站在江禹斌後方，那看得更是真切，霎時，這三個人以及這個辦公室，好像所有的事情都改變了——

刻在江禹斌身後的，是另一幅「刀背圖」。

第六章

江禹斌背上有另一幅「刀背圖」，但並不如艾莉絲那樣的華麗、那樣的細心講究及銘心刻骨，他背上，僅僅有皮鞭抽打以及鈍器攻擊的瘀青，零星伴隨著一些打火機燙傷的痕跡。

「坐吧。」江禹斌見范先生傻得都不知自己身在何年何月了，便往他眼前晃個手勢：「回去坐下，我們談談。」

「你們……」范先生面色鐵青，目光在江禹斌和許家偉之間穿梭，看兩人的眼神都變得奇怪且羞澀尷尬了：「你們兩個是什麼關係？」

「看來是遇上知己了。」江禹斌笑道，從容的坐回椅子上。

有一種專有名詞叫「ＢＤＳＭ」，它是一種性癖好的縮寫，包含了數種性行為的模式。所謂性癖好，就是指人類在做愛的時候，對人或行為的嗜好：有人喜歡巨大的陽具、有人喜歡在沙發上發生關係，這些都是性癖好的一種。

而「BDSM」，全名包含了綁縛與調教（Bondage & Discipline，即B／D），支配與臣服（Dominance & submission，即D／S），施虐與受虐（Sadism & Masochism，即S／M）——就是性癖好的一種。

江禹斌和許家偉之間存在著不尋常的親密關係，簡單來說，他們兩個是性伴侶。不倒翁，就是江禹斌，江禹斌，就是不倒翁，也是偵查隊的隊長。

和隊長上床，這聽起來就是一件非常刺激的事情，自然具備了「BDSM」中，支配與臣服的一環，帶有權力關係的性行為是最令人欲罷不能的。

為了更簡單的解釋這件事，可以將「BDSM」限縮為「虐戀」，一種帶有虐待成分的親密關係。

「你們在一起多久了？」范先生說道，雖然臉色難看，但卻是被引起了興趣。

「這跟你沒有關係，你只要知道我們了解你，就好。」江禹斌漫不經心的說道，光著上身，袒露著他的「刀背圖」，就朝許家偉使了個眼色，讓他將整地的尿收拾一下。

在江禹斌頭一次看到艾莉絲屍體的瞬間，他就知道這起命案和「虐戀」有關了，他理解她背後那千刀萬剮的邏輯，也知道刀傷可能不是致死的原因，所以，他完全可以接受艾莉絲是自殺的。

「現在跟你說話，不是要讓你認罪的。」江禹斌打量著范先生，一切已經盡在他的掌握之中，什麼都一覽無遺：「你不是有不在場證明嗎？怕啥？」

「……」范先生沒說話，不知道該說什麼。

江禹斌和許家偉的坦白，的確讓他卸下心防，也嚇足了他。眼前這兩人，一個是刑警，另一個是大警官，卻敢在他面前演出「尿失禁」的戲碼，還堂而皇之的承認彼此之間不尋常的關係，非常有誠意。

「你想要問什麼？」范先生問道：「對，陳美華背上的刀疤，有一些是我畫的，但絕大部分都不是我畫的。」

江禹斌其實對這些事情，甚至是對范先生都不敢興趣，他的焦點在許家偉身上，但求魚還須緣溪，他依然打開電腦，找到了筆錄的格式，開始問話。

「BDSM」包含了綁縛、調教、支配、臣服、施虐、受虐等等概念，要單純以「虐戀」兩個字概括，實在狹隘。但就陳美華一案而言，以施虐及受虐的角度下去解釋，已然足夠。

范先生在檢察官那裡堅決不肯開口的事情，在江禹斌面前全都坦承了。據他所說，艾莉絲在認識他之前就有自虐的傾向，她會拿刀割自己的手腕，以此發洩壓力，並獲得滿足感。

藉由受傷來獲得快樂，這在常人看來不能理解的事情，卻能從科學證據中得到解釋：生理學研究表明，人體在經受疼痛時會釋放「腦內啡」，而「腦內啡」就是人類產生愉悅感的主要原因。至於為什麼人體擁有這種將「受傷轉為快樂」的機制，江禹斌就不得而知了，他只知道，這種快樂是會成癮的。

當每次受傷都能獲得快感，兩者之間產生因果關係時，人就會上癮。江禹斌、許家偉、范先生和艾莉絲，這四個人都是「虐戀」的成癮者。

「她喜歡被用刀割的感覺，每次做愛，都要我往她身上劃。」范先生娓娓道來，向江禹斌吐露這些不可告人的事情。

既然是性癖好，身邊的親朋好友自然都不知道，所以艾莉絲的死，范先生也有苦難言，要讓他將這些「家醜」告訴檢察官，根本不可能。但此刻他的想法已經完全轉變了，他認為江禹斌能幫他證明清白，畢竟是同路人，所以他願意說出一切。

「她喜歡那種被刀割的感覺，遠比上床舒服多了，所以到最後，我們甚至不再上床了，只是彼此滿足彼此的需求，她覺得流血那種釋放的感覺，跟上天堂一樣，碰一次就刺痛一下。」范先生說道。

「那你的需求是什麼？」江禹斌老練的打著鍵盤說道，他畢竟是在做筆錄。

「我……」范先生有些難以啟齒，但還是承認了：「我喜歡她穿高跟鞋踹我的樣子，還有穿著絲襪的下體，用力踢，踢得越大力越好。」

這就是性癖好，是范先生獲得性快感的方式。

因為彼此都有特殊的性癖好，所以范先生和艾莉絲交往初期，那是天雷勾動地火，很快結為連理，生活也順遂甜蜜，畢竟沒人會知道他們房事的祕密。

但隨著時間過去，艾莉絲的「癮頭」越來越大，需要被虐待的程度也越來越多，范先生不知不覺間，赫然完成了一幅「刀背圖」，當他猛然回神時，可嚇了好大一跳。

「大部分都不是我割出來的，有很多是她自己割的！」范先生慌忙解釋道：「我們認識以前，她就開始割了，只是那時候都只劃一點點，所以我也覺得還好。後來她自己下手越來越重，我就不行了！」范先生說起他心境的轉變：「某天我看到她背上那噁心的樣子時，我就完全失去感覺了，我發覺我不愛她了，也完全沒有性衝動了，連見面都覺得不舒服！」

「所以你們就離婚了？」江禹斌挑眉問道。

「對，和平分手。」范先生點點頭。

「但你們離婚後還有聯絡？」

「有，但只是說說生活上的事情，她會跟我抱怨她的同事或客人，說出很難聽的話，會遭天譴那種。她也只能對我說，畢竟我是她前夫。」范先生解釋道。

艾莉絲即便平時冷淡內向，但人總有脾氣，越是內斂的人，心裡憋的委屈就越多。而這些委屈，她也只能朝她最親密的范先生傾訴。

這兩人的關係，與其說是夫妻，不如說是至好的朋友與床伴。他們因為特殊性癖而相識，也因為快感的消失而離婚，但離婚並沒有終結他們的關係，范先生還是會和艾莉絲聯絡，對艾莉絲存在一份友情與同情。

「那你們第一次上派出所報家暴案，是為什麼？」江禹斌還是問起筆錄的問題，這照理講你情我願的，不應該存在什麼家暴才對。

「哦，那是……」范先生神情複雜的解釋道：「被她奶奶發現了。」

「奶奶？」

「對。」

艾莉絲雙親早亡，只有個相依為命的奶奶，好死不死，被她的奶奶發現了她身上有傷，艾莉絲為了唬弄過去，只好搬范先生出來擋箭，說是被范先生打的。這下可好了，奶奶堅持要對范先生提出家暴告訴，這才有後來一堆家暴案件。

「反正只是過個場，最後我們都撤告。」范先生聳聳肩說。

「你們還真是靈魂伴侶，連告上法庭這種事都可以拿出來當兒戲。」江禹斌笑道，接著問：「她奶奶是看到她背上的疤痕嗎？」

「不是背上的疤痕。」范先生趕緊搖頭：「要是被老人家看到她背上的樣子，豈不當場昏過去不成？」

「不然是哪裡？」

「好像右手吧，我忘了，就一丁點大的傷口而已。」

「驗屍報告怎麼沒有顯示出來？」江禹斌問道。

「都多久以前的事情了？若有傷口早就好了。」范先生開始不耐煩：「那點小傷，跟她背上那鬼東西比起來可大巫見小巫了。」

聽起來，范先生對艾莉絲的「刀背圖」十分反感及驚恐，自從「幡然醒悟」之後，他就不再能直視艾莉絲本人了，頂多講講電話，兩人很少見面。說來也諷刺，范先生的「ＢＤＳＭ」癮頭，就這樣給治好了。

「那她為什麼要自殺？」江禹斌提起這個大問題。

「你應該問，她為什麼會死。」范先生無奈的笑道，解釋起他的想法：「對那個女人來說，她不是在殺自己，她只是在從『殺自己』這件事裡面，獲得最終、最強烈的快感，一生只有一次機會、一生只能做一次，她還是做了。」

江禹斌沉默了一下，確實從艾莉絲留下的遺書來看，自殺的原因，有一點很荒誕的就是：**她覺得生活很無聊**。

其實江禹斌也有想過人為什麼要死？他的答案彷彿和艾莉絲，以及范先生的見解一樣——人想死的時候就可以去死，沒有其他原因，也沒有其他理由。

給奶奶的遺書，將「生活很無聊」五個字擴充成兩行，已屬非常有誠意了，是只有奶奶才有的特權。忽然之間，江禹斌望著電腦螢幕，也不難明白為什麼艾莉絲會自殺了。

日復一日的工作與生活是為了什麼？艾莉絲已經無法從「ＢＤＳＭ」中找到更多答案了。

「那麼，為什麼她身上的傷口只有背部有？」江禹斌接著問筆錄內容，這個問題倒是拉開一個新的序幕。

范先生頓了一下，然後傾身向前，望著江禹斌打量，像發現了什麼新奇動物，他笑著反問：「那麼，為什麼你身上的傷口只有背部有？」

他重複了江禹斌的問題，沒錯，江禹斌身上的傷痕與艾莉絲一樣，都只存在於背部。

「ＢＤＳＭ」的目的在於創造快感，而在「ＢＤＳＭ」中，人格的反差將突顯一種被支配、被調教的因素，這兩點同樣能讓人分泌「腦內啡」，產生興奮感與刺激感。

江禹斌是刑警隊長，艾莉絲是一流的美髮師，在兩人光鮮亮麗的背後，脫下襯衫與奶罩，卻滿是凌辱的痕跡，這足以讓他們獲得畸形的滿足。人總說權力是最強烈的春藥，被剝奪權力，對這些「ＢＤＳＭ」成癮者而言，更是莫大的春藥。

因此這些傷痕，這些被凌辱的證據，必須藏得很深、必須外人看不見；在穿上西裝，諄諄說教、拿起剪刀，優雅理髮的同時，才能獲得足夠的反差感。

享受在眾目睽睽之下，那傷痕繃裂刺痛的感覺，正如同往下體塞進一把陽具似的，再也沒有比這種方式更能激發他們的激情。

所以，艾莉絲將她的快樂藏在背上，江禹斌也將他的快樂藏在背上，兩人素未謀面，卻有所共鳴。江禹斌從來不隨便穿便服，也是這個原因，他不能洩漏了他的小祕密，否則他將永遠失去這種如憋尿般的莫大喜悅。

兩人侃侃的做著筆錄，另一側，真正尿溼了褲子的那位，卻呆若木雞。

許家偉，他無法融入兩人，只能靜靜的聽著兩人說話。他渾身散發出尿騷味，用了一大堆報紙及衛生紙收拾地上的穢物，卻不知不覺停下動作，呆站於兩人的對話中。

他原本以為，他和江禹斌的變態關係，只存在於他們兩個人之間，沒想到，艾莉絲卻和他們一樣。

「ＢＤＳＭ」，他知道這個名詞，也明白它的含意，卻是第一次，見有其他人也產生了類似的遭遇。

許家偉忘了，忘了自己是怎麼開啟這段扭曲關係的，他只知道，星期一、三、五，他作主，星期二、四、六，江禹斌作主。江禹斌就是他的不倒翁，任打任罵都沒關係，他們互相擁有絕對命令的權力，可以在非公務場合中，要求對方做任何事情，而這條規則，最終還是限縮在「ＢＤＳＭ」的框架中。

江禹斌制定這條規則，並強迫許家偉參與其中，就是為了獲得性快感。許家偉可以命令江禹斌去死，或是從三樓跳下去，但他從來沒有這樣做過，他始終徘徊在江禹斌的如意算盤之內。

每當許家偉的日子來臨時，他往往只是將江禹斌當成了出氣筒，揍他、扁他、拿打火機燙他。那個高高在上的隊長，也可以讓他捏在手掌心！

起初他覺得很爽，但後來他不明白這件事的意義，他無法像江禹斌那樣，在凌辱中獲得快感，他剩下的只有害怕跟報復：他害怕自己要是不好好修理江禹斌，隔天他會被修理得更慘；他報復，報復江禹斌對他的所作所為，報復這段畸形的關係，報復江禹斌將他帶進這個沒有盡頭的黑洞之中。

許家偉有時候會產生錯亂，他分不清楚隊長跟不倒翁是不是同一個人、分不清楚現實與另一個現實、分不清楚今天是星期幾。因為在兩人的規則中，「BDSM」不能影響到正常生活，這是最大的前提，所以他們不能揍臉，他們也不能當著外人的面進行遊戲，這些都會導致祕密洩漏。

因此，不倒翁才會如此神出鬼沒，常常上一秒，許家偉還在受罵，這一秒，他卻已經在施暴；門打開時，他只是一個小警員，門關起來時，他卻可以為所欲為。

江禹斌是隊長，這是一個現實，江禹斌是不倒翁，這是另一個現實。江禹斌將這個遊戲玩得如此暢快淋漓，他們甚至會在隊長室裡做愛，但許家偉卻只感覺到混亂，混亂到，他曾懷疑過自己是不是個神經病，擁有兩個人格。

「BDSM」，其中的S代表施虐，M代表受虐，許家偉歸納過無數次，自己到底是施虐者，還是受虐者？但卻徒勞無功，因為每隔一天，兩人的角色就互換一次，許家偉從來都算不清楚，自己到底是Ｓ，還是Ｍ？

「所以，你和她的最後一通電話，到底講了什麼？」這時，江禹斌向范先生問了最後、也最關鍵的那個問題。

范先生之所以會被聲請羈押，最大的原因，就是交代不清他與艾莉絲生前的最後一通電話。檢察官認為那通電話極其重要，是釐清艾莉絲死因的關鍵線索。

「還能是什麼？」范先生聽到這個問題，卻笑了，唇齒之間終於露出了他曾身為「虐戀者」的一點痕跡：「那是我們之間最後一個命令遊戲。」

「你們也有命令遊戲？」江禹斌問道。

「當然，沒有精神上的支配與臣服，又怎麼叫『ＢＤＳＭ』。」他回答道，然後坦白：「那是自從我們離婚之後，她最用力哀求我的一次，她說是最後一次，我也只好同意，誰知真的是最後一次。」

「所以她讓你命令他做什麼？」江禹斌接著問，問在筆錄裡。

「什麼她讓我命令？不不不，由她決定的命令怎麼叫命令呢？當然是由我決定的。」范先生笑道，彷彿在回味那天講電話的場景，他只靠著一支手機，就完成了和艾莉絲隔空的「虐戀」遊戲：「我讓她將頭髮都剃光，理光頭。」

此話一出，房間裡鴉雀無聲。

乍聽之下，對一般人而言似乎不是什麼非常誇張的要求，確實過分，但不至於危險。然而，對於「ＢＤＳＭ」成癮者來說，可就不一樣了。

這種命令遊戲，精髓在於心靈上的打擊與恥辱，艾莉絲是個美髮師，頭髮就是她的生命，范先生卻要求她將留了數年的頭髮全理光了，換作是普通人，可能只會拋下個白眼，罵一句神經病便走人，但對艾莉絲而言，這是她最後的精神鴉片。

艾莉絲請求得到羞辱、得到虐待，來獲取最後的機會，感受到一點生活的滋味。范先生卻直接遞出致命的劑量，塞進艾莉絲嘴裡，送艾莉絲上絕路。

「我說，妳不只要把頭髮剃光，全身的體毛也要理光，然後一絲不苟的拍照給我看，證明妳是個狗娘養的畜生。」范先生輕聲細語的說道，用那道貌岸然的臉，講出魔鬼一般的話語。

「你讓她什麼時候做？」江禹斌問道，問的是時間。

范先生卻回答了地點：「我讓她在她公司的廁所這樣做，然後光著頭出來。」

現場再次鴉雀無聲。

艾莉絲全身光滑，沒有毛髮的原因出爐了，是這樣的荒唐怪異，卻又理所當然。能導致艾莉絲輕生的，也只有這個原因了，范先生剝奪了艾莉絲生而為人最後的尊嚴，雖然帶給她莫大的歡喜，卻也終結了她對生命最後的期待；因為理了髮之後，再也沒有其他事情能帶給她同等的歡愉了。

命令遊戲，既然已經發出，就不得不遵守；在這些成癮者腦海裡，沒有拒絕兩個字的存在，否則，他們也不會置身在這瘋狂的遊戲之中了。

「你也真是個狠人啊，看不出來。」江禹斌一邊說一邊打著鍵盤。

「先說，她的死，跟我可沒有半毛錢關係。」范先生提醒道，卻還是笑著：

「我是在她自殺兩個禮拜前打的電話，我也只是讓她剃頭而已，沒叫她死，你們要想賴在我頭上，可就不太厚道了。」

「這是當然，檢察官也不會相信這種離譜的理由。」江禹斌挑眉道，常人哪可能理解這種思維：「沒有因果關係的事情，在法院上是起不了證據力的。」

「但你會打進去對吧？」范先生問道。

「我會打進去。」

「那就好。」他滿意的點點頭。

「你可真奇怪呀。」江禹斌不禁停下手上的動作：「先前不是一直害怕被定罪嗎？怎麼現在都不怕了。」

「唉唷，警官啊，你要是這樣講，就真的誤會我了。」范先生笑著，忽然傾身向前，雙手搭在桌上，眼角露出一抹寒光：「我不是怕被定罪，我是不希望自己和這個賤婊子聯手創造的傑作，被人隨隨便便給端了去。」他的笑容戛然而止，化為一副猙獰面孔：「我自己一個人憋著到死，也好過讓檢察官以輕輕一筆唬弄帶過。」

他言下之意很清楚，今日要不是遇上了這兩位伯樂，他根本至死也不會吐露這個祕密，這可是他的珍寶，他「ＢＤＳＭ」命令遊戲的顛峰之作。

筆錄做完後，范先生就大搖大擺的離開了辦公室，並表示，艾莉絲理光頭的裸照就存放在他的手機裡，檢察官愛什麼時候來調閱，就什麼時候來調閱，悉聽尊便！

「還不能走，你等等還要去法院呢。」江禹斌只是朝他的背影說道：「我這只是在檢察官之前先問一遍。」

就這樣，檢察官問不出來的筆錄，被江禹斌給問出來了，但這無關緊要，甚至不值得一提。許家偉將半掩的門趕緊關上後，這光膀子的兩人，才準備要見真章。

「得了，結束。」江禹斌站起來，拿起襯衫就當大衣般往自己肩上一披，然後走到小窗邊抽菸，一面說：「沒有祕密，沒有內情，沒有陰謀，你心心念念的小理髮師，就是自殺死的。」他說給許家偉聽。

「這樣怎麼會沒有祕密，沒有內情，沒有陰謀？」許家偉反問道，牙關都咬緊了：「艾莉絲就是被她前夫害死的！」

「你跟鬼說笑呢，理個光頭就要判殺人罪。」

「就算不是殺人，也有教唆自殺的嫌疑！」

「我告訴你你為何如此在意那個女人的死。」江禹斌轉過頭來，望著許家偉說：「你想從她身上找答案、找過去、找未來是吧？我告訴你，我們之間沒有未來。」

「她不可能是自殺的！」許家偉堅決反駁。

「我們之間沒有未來，只有現在。今天就是要你看清楚一件事，人的一生沒有長短，只有當下快不快樂，你看陳美華死得多美麗，堪稱傑作呢。」

「你狗屁！」

「你過來。」江禹斌命令道。

許家偉只能暴躁的走過去，卻被江禹斌給揪住耳朵，兩人鼻子碰鼻子，殺氣騰騰的說話：「今天我就發揮一點慈悲之心，讓你明明白白我感受到的是什麼，免得你說我自私。」江禹斌低聲又清楚的說道：「我們生來都是有罪的，自作孽的罪，什麼無憂無慮快快樂樂的都是屁話，我們生來就已經是一只被打開來的潘朵拉盒子，你以為上帝為什麼要在裡面放入貪婪、虛偽、誹謗、嫉妒、痛苦？因為沒有這些東西，你無法比對出快樂。」

他持續扯著許家偉的兩隻耳朵，像在馴服一匹野馬：「星期一、三、五，你打我是出於一種自我防衛，我不一樣，我在裡面找到了你那個美髮師找到的東西。你知道嗎，我不必對你出手，我從來沒有打過你一次，我看著你服從的樣子就夠了，你服從的樣子，很好看。」

「你這個衣冠禽獸！」許家偉瞪著他說。

「承認吧，你剛才尿褲子的時候，是不是很爽？剛才我將我們祕密說出去的時候，是不是感覺心跳快停了，很爽？」

「你這個畜生！故意的！」

「我們都是走在鋼索上的人，我們已經在鋼索上了，但也很幸運的，我們從那種心臟懸空的感覺中，找到了舒服。那個美髮師，你與其說她是自殺的，不如說她是吸毒過量暴斃死的，吸的就是我們這種毒。」

「你不信是不是？你不相信是不是？」江禹斌持續的和許家偉大眼瞪小眼，聲音卻轉為柔細：「你仔細回想，是不是每次見完我，你和你女友做愛的時候都會更踏實些？你感覺不到，是因為你從來沒有離開過我的掌控。你不信嗎？你還是不信嗎？我現在給你個機會，我讓你走，你可以走，你調離這裡，我們從今以後再也不相見，聽到沒有？一個星期七天，屬於我的日子，我絕對不會再出現了，你要是有種，你也跟進，不要最後爬著回來找我。」

「好啊！」許家偉大聲說道。

「好，這樣好，非常好。」江禹斌終於鬆開了手，放走許家偉：「從今往後，不准出現在我面前，你寫報告調走。」

「遵！命！」

江禹斌對許家偉，總是擅長精神虐待，他可以攪碎他的筆錄、可以讓他尿在地上、可以在開會的時候播放兩人半秒鐘的性愛影片、可以將半包毒品倒入玻璃缸中，企圖毒死他的金魚。但是，絕不會對他動粗。

反觀許家偉，許家偉能想到的手段，也只有肢體上的暴力而已，他永遠不會明白，精神上的愉悅可以超越肉體。

現在，江禹斌給許家偉一個機會逃跑。

他，逃得了嗎？

第七章

許家偉和江禹斌是在一個地方認識的：監獄。

話說回近兩年之前，許家偉曾經身陷一場官司，起因是一場貪腐案，許家偉的長官收受賄賂，然後誣陷給他們，才害得他們全都得面臨牢獄之災。

這牢獄之災可不是普通的牢獄之災，當時許家偉的同事全都被關，刑期動輒一、二十年，許家偉也差點要被羈押，最後是靠著一點特殊的手段，才得以倖存。

至於是什麼特殊手段呢？那可就不太體面了——他是靠著出賣同伴獲救的。

「胖明哥，我要先回家了。」許家偉從隊長室走出來後，便對同伴說道。

「這麼早？你工作都還沒做完呢！」胖明哥說。

「我半夜會再回來。」許家偉回答道，他很不舒服，真的很不舒服，必須先離開這裡。

責任制就是這樣，你只要能完成工作，上下班可以很自由。

許家偉餵飽了他的金魚，然後就先回家了。

他一個人住，住在蘆洲郊區，房租比市區便宜了好幾千，他只求安身，不求住得有多好。

警察是最容易遊走在犯罪邊緣的公家職業，當年，因為長官收賄，整個單位都被捲入一場風暴中，許家偉靠著出賣同伴，才僥倖脫身。

許家偉並不是一開始就是刑警，他和其他絕大部分初出茅廬的菜鳥一樣，都被分發到地方派出所擔任警員。那個時候，某個富翁託關係和他的長官搭上了，富翁是金融假釋犯，因罪在身，必須每天到派出所報到，但他耍了些手段，讓警察機關放水，然後就藉機逃跑到海外去。

這案件在當時可是鬧得驚天動地，派出所上上下下，只要和富翁有沾上點關係，全都被約談，更別提有金錢交易的人，法院抓一個是關一個，跑都跑不了。

許家偉也身在嫌疑分子之中，他和大家一樣，也協助富翁逃亡了，即使沒收錢，也做了假的公文書，不觸犯貪汙罪，也觸犯偽造文書罪。他忘記了當時的細節，但他覺得自己不是同流合汙，自己只是太年輕，很多事情不懂，前輩們講什麼他就照做，才導致自己的命運急轉直下。

在法庭上的時候，檢察官已經胸有成竹的要羈押他了，他那時候嚇得是屁滾尿流，一想到自己才二十出頭，就要被扔入大牢，腦海是一片空白。

救命稻草出現了，但不是江禹斌。

許家偉當時有另一個前輩，鬼點子特多，那個前輩找上了他，和他一起串通供詞、作偽證。他們兩個將所有的罪行都推到另一個警察身上去，把自己的責任撇得一乾二淨。

這招見效了，兩個人因為證詞統一，法院選擇採信，並將他們釋放。倒楣的是那個被他們陷害的同事，她是個女警，獨自一人承擔了本不該由她承擔的刑責，一判就被判了二十年有期徒刑。

許家偉恢復了自由之身，卻從此陷入了另一個監獄，精神監獄。

女警後來自殺了，服刑不到半年，就了結了自己的生命，讓許家偉即使逃過了肉身的囚禁，也擺脫不了心靈的譴責。女警的自殺固然沉重，但真正將許家偉拖入深淵的，卻是江禹斌。

許家偉和江禹斌的第一次見面，在地檢署的監牢廁所。

富翁逃亡所颳起的旋風十分巨大，被捲入其中的不是只有許家偉所在的派出所，連刑警方面也受到影響。那時，江禹斌就已經是偵查隊長了，牽一髮而動全身，江禹斌身為單位主管，也連帶遭到調查。

從第一眼見到江禹斌，許家偉就知道自己和這個人沒完沒了。他那如雄鷹一般冷漠傲視的眼神，像倒鉤般插入人的心臟，能看透你的全身，彷彿只要一個輕笑，就能將你的五臟六腑全抽出來。

許家偉在廁所裡，和他的同夥串證的時候，江禹斌就在旁邊的隔間，並將一切都錄音錄了下來。

「喂，媽，嗯……還好，我最近還不錯。」許家偉已經回到了家，他在和母親講電話，躺在地上，望著天花板。

爸爸和媽媽是這個世界上對他最好的人，他孤身一人，在十八歲的時候就北上進入警校受訓，然後畢業成為警察。

「好，好，我下個月再回去。」

「好啦，我下個月一定回去。」許家偉意興闌珊的敷衍著，他已經有將近一年沒回老家了。

爸爸媽媽不會知道，他這個兒子其實是個沒被抓到的罪犯，還是個心狠手辣的罪犯，害死了自己的同事。

「殺人的感覺是怎麼樣？」許家偉自言自語的問道，對著漆黑一片的屋子。

富翁的逃亡，搞得警界一片狼藉。許家偉和人串通，逃脫了罪嫌，卻在監獄廁所的門口，被江禹斌那個眼神給釘住了終身。

江禹斌知道他的祕密，錄下了他的犯罪證據，但當下並沒有發作，只是留給他一個意味深長的笑容。

幾個月後，他才又捲土重來。

「殺人的感覺是怎麼樣？」這是江禹斌對他說出口的第一句話。

風暴結束過後，該被關的被關，該調離崗位的調離崗位，許家偉平安無事，乍看之下，一切彷彿風平浪靜。但江禹斌卻造訪了他所在的單位，要求許家偉調到他所在的刑警隊裡，他向許家偉的上司要人。

回想起來，江禹斌與許家偉的第一次「BDSM」，就發生在那時候。

江禹斌單獨和許家偉在所長辦公室裡談話，刑警隊長的官階要比派出所所長高一級，江禹斌向所長借用辦公室，所長自然也沒什麼好拒絕的。

江禹斌直接播放了許家偉作偽證的錄音，當時，被陷害的女警已經自殺了，許家偉本身就惶惶不安，一聽這錄音，更是嚇破了膽。

江禹斌拿出一張紙，讓他罰抄那個女警的名字一千遍，並問他殺人的感覺怎麼樣。許家偉有錯在先，自是不敢不從，只能用顫抖的手，在紙上抄寫已故女警的名字，一面忍受江禹斌的冷嘲熱諷。

許家偉堅持自己沒有殺人，江禹斌卻說他這就是殺人。許家偉那時候已經瀕臨崩潰邊緣，陷害女警本就不是他意願所致，女警竟然還輕生了，這讓他更加煎熬。

江禹斌倘若威脅要將錄音送交法院，嚴懲許家偉，倒也還好，但江禹斌偏不這麼做，他只是把玩著錄音，反覆播放。如今回想，這才是當天最大的折磨，許家偉現在才明白，江禹斌真是支配與施虐的高手，將權力玩轉得爐火純青。

江禹斌將抄寫好的女警名字貼到許家偉額頭上，並掐著他的臉蛋，打量他的空洞茫然，命令他調到刑警隊去。許家偉早已沒有招架能力，只能服從，這便是兩人一切孽緣的開端。

而自始至終，江禹斌也沒說過要將錄音交出去，甚至那段錄音，從頭到尾也只出現過一次，之後再也沒有了蹤跡。許家偉進入到江禹斌麾下，帶著恐懼、害怕、不安與迷惘，兩人從單方面的控制開始出現「命令遊戲」，接著又加入了性與各種暴力，不知不覺間，已成了今天的面貌。

許家偉不只一次設想過，要是當時候，江禹斌就將錄音給交出去，他是不是就解脫了？就算現在交出去，也是一種解脫。但一切為時已晚，他們已經身陷在一段扭曲的關係中，除非死亡，否則誰也無法離開。

錄音早已不重要了。

「為什麼選擇我？」許家偉向江禹斌問過這個問題。

「不是你選擇我的嗎？」江禹斌只是撫著他的髮絲回答。

好像真是這樣，同一段的錄音，江禹斌不去找另一位同樣作偽證的警察，卻找上了許家偉，不正是因為，他們在廁所門口那個四目交接的瞬間嗎？

許家偉一剎那的畏縮，加上江禹斌一剎那的冷笑，已經奠定了他們「虐戀」的基礎，是他們互相選擇了彼此。

「不可能……」許家偉躺在地上，蜷縮著茫然與空虛，卻忽然間抽搐一下，被地板的冰冷給驚醒：「不可能！」

他不能溺死在這種病態的關係中，他必須證明江禹斌是錯的，艾莉絲不可能是因為「BDSM」而死亡，也不可以是因為「BDSM」而死亡，他必須脫離這扭曲的價值觀！

「不可能……不可能……不可能……」許家偉打開了手機，看著桌面上那艾莉絲的「刀背圖」，眼珠子瞪得通紅，想從每一筆凌亂中找到任何、任何可以證明艾莉絲不是自殺的線索。

范先生讓艾莉絲剃光頭髮，對她極盡屈辱，然後讓她如被榨乾了的木柴般走上絕路，對生存失去最後的動力，連呼吸都顯得多餘。

艾莉絲不可以在這種痛苦與快樂中死亡，不可以！

「監視器……」許家偉開始回想整起案件，從抽屜中翻出他早已拷貝了好幾份的艾莉絲卷宗。

監視器真的能錄到所有的畫面嗎？

他咬著嘴唇，按現場圖將整個大樓的路線都檢視一次，每個監視器對準的角度、覆蓋的範圍，都詳細的對照了一次，還拿鉛筆出來畫圖，結果，依然找不到任何破綻。

「怎麼會……」許家偉焦慮的看著筆錄，用昏暗的電燈：「血檢不是有問題嗎？血檢！」他又拿起了另一份報告。

檢察官說過，艾莉絲不可能因為失血過多而亡，她的傷口會先癒合，檢察官明明這麼說過的，就在解剖現場！

但當許家偉拿出最新的報告時，發現法醫早已對屍體的客觀死因下了定論，是「低血糖型休克」，也就是餓死、冷死或是虛弱死，細胞因為得不到充足營養而死去的。

檢察官所質疑的凝血問題，也只是他的牢騷罷了，並不影響這個結論。即便傷口完全癒合，艾莉絲若不吃東西，致自己的生死於度外，那麼她該死的還是會死。

許家偉再次翻看所有證物的照片，從編號一到編號八十九，逐個檢查一次，卻還是沒有頭緒。

他快窒息了，索性撒手一扔，然後重重的躺回地上，使所有的紙滿天飛舞。

若不能證明艾莉絲的死是他殺，那麼她的結局，最終也會是他的結局。他還不明白江禹斌在打什麼主意，是不是真的會放他離開，但他明白，他是脫離不了這個漩渦的，連此時的痛苦茫然，都是整個「ＢＤＳＭ」的一部分。

時鐘滴滴答答在走，好像流血的聲音一樣，忽然間，他腦海閃過一個念頭——

他雙眼睜開，激動、興奮而顯得猙獰。

這不是還有一種可能嗎！

已經過了午夜十二點，許家偉回到了蘆洲偵查隊。

晚上的偵查隊並不會比較安靜，反而因為酒駕、吸毒等等案件的抓獲，而陸陸續續會有派出所警察將嫌犯押送進來。

胖明哥等人也還沒有下班，大家都在忙自己的事情，到處都很吵，非常吵。但許家偉並沒有被這些事情給影響，他大步的走進偵查隊，眼神盯著槍械室，直搗黃龍。

「阿偉，你幹嘛？」胖明哥卻注意到了他，便遠遠的喊道。

許家偉已經進入了槍械室，在領取他的警槍及子彈。

「我有事出去一趟。」許家偉隨口回答道。

「去那裡？你不是才剛回來嗎？」胖明哥接著問，略顯不安：「你領槍做啥？」

「有事。」

「什麼事？」

「不干你的事！」許家偉忽然間非常不滿胖明哥，已經到了快要爆發的地步。

這個胖傢伙到底在管他什麼？他難道就不能像其他人一樣，老老實實的工作、老老實實的無視他就好了嗎？

實在太多餘了，太多餘了，江禹斌還真應該將他調走才對，調得越遠越好！

許家偉領完槍，帶著艾莉絲的卷宗以及公事包離開了偵查隊。臨走前他瞄了一眼隊長室，空蕩蕩的，無人，江禹斌不在。

許家偉來到了那個老地方，艾莉絲的住所。

他拿著警衛給的感應卡，安靜上樓，心臟卻撲咚撲咚的跳著。他右手握緊藏在懷裡的槍，隨時可以擊發。

艾莉絲並不是自殺的，這不是還有一種可能嗎？

他的推理是這樣子的，大樓的監視器沒拍到有人出入艾莉絲的房間，但真是如此嗎？細看監視器的紀錄，他們擷取的是案發前後四十八小時的錄影畫面，僅僅只有四十八小時的錄影畫面！

假如，嫌犯避開了這個時間呢？

假如，嫌犯在艾莉絲死亡的四十八小時以前，就已經溜進房子了呢？

假如，嫌犯在殺了艾莉絲之後，並沒有立刻離開房子，而是一直待在裡頭，看著警方來，看著警方走，持續的躲藏在裡面，直到四十八小時以後才離開呢？

這樣不就能躲過監視器的耳目，創造無人進出的證明了嗎！

「假如，嫌犯到現在還在裡面呢？」許家偉低聲呢喃，太陽穴鼓起，掏出了懷裡的槍，咔嚓一聲拉開保險栓。

艾莉絲的家門已在前方，許家偉收起電梯的感應卡，換拿出艾莉絲家的門鎖卡，嗶的一聲打開房門。

屋子一片漆黑，窗戶唯一的縫隙被月光給延伸出一道蒼白的三角形，映照在艾莉絲死去的位置上。

許家偉屏氣凝神，不顧什麼腳印不腳印了，直接跨過所有保護證據的軟布，一腳踏進玄關。

他持著槍，謹慎的對著前方。他深信，嫌犯即便已經不在這裡了，他還是能從空氣中嗅出一點他曾存在過的跡象。

「出來！」許家偉厲聲喝道，大膽的揭開了衣櫥的門。

裡頭空空如也，但許家偉還是相信，有一雙眼睛正盯著他看，就如幾天前，它盯著警方忙進忙出，渾然不曉得兇手就在現場一樣。

許家偉下意識的抬起頭，往天花板看。

天花板是混凝土做的，不可能有人能爬到上面，躲在其中。但許家偉還是爬上了衣櫥，掏出警棍，往所有能搆到的地方敲了敲。

咚咚咚咚咚，沉悶的聲響表明了天花板是實心的。

「出來！」

許家偉仍不放棄，他對浴室、鞋櫃、門口，甚至是垃圾桶，逐個搜索一次，想像著人體可以如何蜷縮其中。他接著掀開床底，扯壞窗簾，趴著嗅聞每一寸角落。最後他啪的一聲打開窗戶，打量十一層樓高的戶外景象，一陣冷風灌進，讓他倍感清醒。

「好，不錯。」他並沒有氣餒，而是收起槍枝。

這下至少可以確定，兇手已經離開了，沒有繼續躲在這裡，畢竟這都快一週了嘛！

許家偉神采奕奕，覺得自己離破案已經近了，事情還沒完呢，他再來只需要到警衛室，調閱這十天來的所有監視器紀錄就知道了：究竟是誰殺了艾莉絲，是誰提前躲藏進屋內，然後又延遲離開，監視器一翻就無所遁形了。

十天不夠，他就調一個月的，他就看是兇手的耐心強，還是他的毅力高，他就不信找不到兇手！

許家偉拋下了被他完全破壞的現場，完全沒有要收拾的意思，精神抖擻的離開了艾莉絲的家。

大難總會臨頭，許家偉蹲在警衛室看監視器，從凌晨一直看到隔天早上十點多，把艾莉絲家門口的畫面都看到了命案前第十一天，他電話終於響了。

「許家偉！」副隊長的斥責聲嚴厲傳來：「你到底在胡搞瞎搞什麼！」

上級終究還是發現了他的肆意妄為，今天恰巧是檢察官和鑑識人員要再次勘驗現場的日子，艾莉絲的家卻被搞得一團亂，床都被掀掉了，窗戶打開，房門還大刺刺敞著沒關，一副被闖了空門的樣子，檢察官看得臉都綠了。

許家偉又何嘗不知道今天有人來勘驗呢？他一直都待在艾莉絲居住的大樓看監

視器，閉著眼也能聽見外面大隊人馬進出的動靜。

「你他媽給我立刻回來！這個王八蛋！」副隊長命令道。

「副座，你聽我說，我快抓到兇手是誰了，真的……」許家偉回答道，眼睛仍盯著監視器畫面。

「什麼兇手是誰？你在哪裡！」

「再讓我看一下，我真的知道兇手是誰，她真的不是自殺的！」

「你他媽嗑藥了是不是？給我立刻回來！」

「馬上回來！聽見沒有！」

「回來！」

「操你媽！給我回來！」

許家偉不顧電話的聲響，直接將手機給扔地上了。

但他並沒有快活得太久，檢察官要查清楚房間究竟發生了什麼事，自然得要來調監視器，結果眾人就在這個警衛室裡打了照面。

輔佐檢察官的，依然是阿祥等第七小隊的人，他們見許家偉好像著了魔一樣，嘴裡唸唸有詞，旁人說什麼都不聽，抓著電腦滑鼠不放，阿祥直接走過來，搧了許家偉一巴掌。

「臭小子，你鬧夠了沒有？」阿祥怒道，向警衛要了一杯冷水，往許家偉頭上就淋下去。

這一淋，除了讓許家偉清醒，渾身發顫，也讓他分不清臉上的是冷水還是淚水了。

「你想到的，我們早就想到了！」阿祥直接駁斥他的四十八小時推論：「筆錄雖然只有寫四十八小時，但我們已經把全部的監視器都看過了，沒人預先躲在裡面！」

「……」許家偉渾身發抖，無言以對。

他又何嘗不知道這一點呢，在調閱到「命案發生的前第十一天」前，他已經先將命案發生後所有的監視器都看完了，追溯到此時此刻，也頂多是六天的份而已，在艾莉絲死後的這六天裡，都沒有可疑人士從她家裡跑出來。

而許家偉已經搜索過房子了，裡頭沒躲人，裡頭既然沒躲人，監視器也沒錄到有人跑出來，只能證明艾莉絲是自殺的。

「不可能……」許家偉糊著眼淚說，這已經是他能想到的最後一條路了：「她不可能是自殺的。」

「你給我清醒一點。」阿祥揪住他的領子說，兩隻眼睛瞪著他：「你再這樣胡搞瞎搞，真的會把自己給搞沒了，你到底知不知道？」他低聲警告道：「房間卡交出來。」

「……」

「交出來！」阿祥直接從他口袋裡就扯出了那張門鎖卡。

這下許家偉再也沒有方法可以擅闖艾莉絲的家了。

「走，跟我上來。」接著阿祥還要拽著他上樓，回到命案現場，說說他是如何破壞跡證的，以盡可能的把現場還原：「走！自己走！」

許家偉的麻煩很大，搞出這一烏龍，他有可能會被記過調職，但他根本不在乎。

他像失了靈魂一樣，任由眾人推著回到艾莉絲的房間，此時的房間變得和他剛剛闖入時不一樣了，變得很亮，原來是開了燈。

鑑識人員開始還原現場，排除許家偉留下的痕跡，進行第二次的採證。

這第二次採證，終歸還是找到了一點不尋常的東西，且豈止是不尋常？簡直異常古怪：他們在浴室內發現了大量的新跡證，經過ＤＮＡ比對，竟然追溯到了在「排除名單」上的許家偉和江禹斌這兩人。

眾人都納悶了，許家偉和江禹斌，這兩個警察為何會在艾莉絲的浴室留下大量毛髮與皮屑？究竟是在幹什麼來著？

「你們兩個在這間浴室做什麼？」檢察官直接問了，顯得既訝異又生氣，他看向阿祥：「另一個不是你們偵查隊長嗎？他出現在這裡做什麼？」

「我……」阿祥面色凌亂，語無倫次：「我也不知道，我已經打給隊長了，但隊長電話關機。」

「什麼電話關機？這什麼情況啊！」檢察官當場開轟：「我辦案這麼久，沒見過這麼狗屁倒灶的事情！」他雙手一攤，指向已經被破壞得滿目瘡痍的現場，底下的鑑識人員個個噤若寒蟬：「命案現場！命案現場！竟然可以搞成這樣！還是警察搞出來的！你們自己不覺得誇張嗎？外面封鎖線擺好看的嗎！」

「對不起，檢座，我請副隊長趕快過來。」阿祥道歉，頭低到不能再低了。

「全部送政風室處理！」檢察官怒道：「現在馬上把監視器調出來，我來看看你們這群智障到底把命案現場當什麼！當廚房在走嗎？這什麼素質？這是警察？蛤？」他將矛頭轉回許家偉身上：「你他媽你最好給我交代清楚，不然我先用瀆職罪辦你！」

許家偉久未進食，渾身脫水，檢察官後來又說什麼，他已經聽不見了。

他暈過去了。

第八章

許家偉最後被送回蘆洲分局問訊，由督察人員來問他，艾莉絲命案過後，究竟又返回現場兩次做什麼？

「排除名單」已經一點都不排除了，檢察官將疑心轉到了許家偉和江禹斌身上。監視器顯示，這兩人在案發之後，分別來到了命案現場一次與兩次，第一次，還是肩並肩一起來的。

「你和江禹斌擅自闖入陳美華的家中，是出於什麼目的？」督察人員問道。

許家偉只是搖頭，雙眼空洞的不回答。

那天哪有什麼，不就是他和他的不倒翁，江禹斌，一起去艾莉絲的房間搜索嗎？他們順道發生了關係，這有什麼大不了的？

「喂，說話！」督察人員忍不住往他的頭拍下去：「你已經激怒了檢察官，難不成連工作都不要了？」

「陳美華死亡當天晚上，你去了哪裡？」督察人員換拋出一個新問題。

這新問題倒是讓許家偉回過神來，不正是週三嗎？

「週三是我作主的日子。」他說。

「什麼？」督察人員皺眉。

「週三我沒有去過犯罪現場，監視器都看得到。」許家偉說。

「答非所問。」督察人員搖搖頭，實在不曉得許家偉是怎麼了，平時看起來好端端的，怎麼現在跟中邪似的：「那你去了哪裡？」他接著問。

「去隊長家。」

「去江禹斌家做什麼？」這話卻引起了督察人員的懷疑。

「去討論案情，不行嗎？」許家偉忽然苦笑了一下，恢復理智。

「陳美華是週四早上才被發現的，你們週三晚上就能討論案情？」督察人員愈發納悶。

「現在是在懷疑我和隊長是兇手嗎？」許家偉反問。

「沒人懷疑你們，是你一直把話題往這個火坑上挑。」督察人員十分火大，覺得莫名其妙：「你們到底去犯罪現場做什麼？」

「無可奉告。」

「什麼？」督察人員搥了下桌子：「你知道現在是在做筆錄嗎？你想被停職是不是？」

「去問隊長吧，他什麼都知道。」

「我現在是叫你回答！」

「你去問隊長。」許家偉不願再多說話。

這下他們是澈底將案件攪黃了，許家偉雖然沒和江禹斌見到面，但心有靈犀，他知道江禹斌也不會把筆錄做得太漂亮的，肯定也是各種擺爛跟白目。

這會兒最頭疼的，肯定是檢察官了，忽然間又冒出了兩個嫌疑人，和范先生一起，都湊到三個了，只差一個就能打麻將了。而且這三個人的行為模式都是一套套的，問什麼也不肯說，明明監視器就沒拍到他們，三個也都有充分的不在場證明，說清楚就好了，但偏偏就口風一致，堅決不配合做筆錄。

這豈不是中邪嗎！

一個是銀行行員，一個是刑警，另一個是刑警隊長，這三個平時都好端端的，彼此也沒特別的連結，怎麼一碰到陳美華，全都變異了？跟病毒傳染似的！

許家偉遭到了停職，開始他的放假生活。

但他的多舛人生並沒有因此停下來，檢察官正在以瀆職罪和湮滅證據罪起訴他，艾莉絲的命案被搞成這樣，總要有人出來負責。

最令許家偉痛苦的是，江禹斌的話竟然開始應驗了。

他們說好不再相見，許家偉原本還在思索這是不是個圈套，自己要不要真的打調職報告，但現在全都不必了，他被停職了，不必再到偵查隊去了。

今天是週五，距離被停職不過才三天，許家偉卻已經開始想江禹斌了，他只要一閉上眼睛，腦海全是江禹斌的臉，以及疼痛；睜開眼睛，腦海還是江禹斌的臉，以及疼痛。

他很不舒服，渾身不舒服，身體內部好像缺失了什麼零件，茶飯不思。

他也無法再和女友上床了，昨天一整天，他都待在女友家裡，但他完全失去了性慾，渾身被烏煙給籠罩，有股中毒末期的人會出現的味道。

他可以記不住江禹斌的臉，卻無法忘記那個威權的身形。他和江禹斌這一年多來，總是形影不離的，上班時間，他臣服在他的淫威之下；下班時候，他可以利用「命令遊戲」盡情報復。全是江禹斌，都是江禹斌。

現在，他失去了他的不倒翁，不過三日沒見，已面目全非，生活喪失所有的滋味，什麼時候太陽升起，什麼時候月亮落下，他都不清楚。他恍恍惚惚的，只想著那個男人說話的聲音，那種被支配、受臣服的感覺，即便不是快感，他也終於知道，他需要那種感覺。

「許家偉，我們分手吧。」他的女友，最後依然對他說出這句話。

許家偉躺在地上，隔空聽著手機裡女友的聲音，只是心不在焉。與其說他正在聽對方提分手，不如說他正在欣賞螢幕裡艾莉絲花花麻麻的背，那一刀一刀割得是如此精緻，富含情感，他確信，如果現在割在他身上，肯定能緩解他的痛苦，但是他不做。

他腦袋清楚得很，艾莉絲不能是自殺的，他正在和江禹斌對抗。

虐待不可以帶來快樂，「BDSM」不能帶來幸福，他得拒絕這種毒品；雖然江禹斌早已將這種毒染遍他的全身，並藉由現在「大發慈悲」的疏離，來讓他理解這件事。

「分手就分手吧。」許家偉有氣無力的說道，但昏昏沉沉之間，還是想求救：

「可是妳……能不能最後幫我做一件事？」

「什麼事？」女友哭哭啼啼的問道，還是心繫著對方。

「叫我爸媽上來帶我。」

許家偉並沒有完全失去求生的欲望，他還有最後一道防線，就是家人。

他始終是個堅強的人，堅強到，即便是兩年前被抓進監獄的時候，他也沒讓家裡人知道，不讓他們擔心；江禹斌將輕生女警的遺照貼滿他房間時，他也撐過去了，沒有啟用這最後防線。

但現在，他不行了，他想要離開這個鬼地方。

許家偉又睡了過去，半夢半醒間，他彷彿看見他媽媽來了，用那個柔軟的身軀，溫柔的擁抱他，跟他說一切都會過去，沒事的。

他想回到襁褓的時候，甚至想回到任何時候，就是不要在這個時候，不要在認識江禹斌之後。

嘟嘟嘟……

鈴聲傳來，他以為是有人打電話，響了好多次，然而當他打開眼睛一看時，才發現，是他的電子信箱收到了新的郵件。

他隱約覺得不妙，千萬不可以打開這封郵件，但他還是開了：裡面有兩份檔案，一份是影片，另一份則是刑事筆錄。寄件人不是誰，正是江禹斌。

許家偉按傷害性來比較，選擇先打開筆錄，略過影片檔。

這是一份家屬筆錄，被詢問人是艾莉絲的奶奶，警方在艾莉絲死後，依照流程，請艾莉絲唯一的親人，奶奶來製作筆錄。

筆錄內容不外乎在調查艾莉絲的死因，以奶奶的視角來釐清案件的全貌；奶奶認為艾莉絲是怎樣的人？最後一次和艾莉絲聯繫是在什麼時候？最後一次看見艾莉絲是在什麼時候？艾莉絲有沒有透露過輕生的念頭？等等。

乍看之下會是一份無聊的筆錄，奶奶肯定一問三不知，但許家偉在拿起紙張的第一眼，就被前幾行給吸引住了。

奶奶說，艾莉絲是個性變態，自己有這樣的孫女是家門不幸、道德淪喪，甚至說，這樣子的孫女，死了也罷。

這可真是驚掉了許家偉的下巴，艾莉絲命案的卷宗他看過不下百次，奶奶的筆錄也在其中，他怎麼沒印象奶奶有說過這種話？

他再往上看日期，發現這是一份新的筆錄，是警方為了補充證據，請艾莉絲奶奶來製作的第二次筆錄，跟原先的不是同一份，所以許家偉才沒看過。

筆錄裡，奶奶已經知道了艾莉絲的性癖好，並對艾莉絲背上的自殘痕跡忌諱不已，原來那不全是兇手割的，大部分是艾莉絲自己搞出來的，這可險沒把奶奶給嚇死。

字裡行間中，充滿了奶奶的驚恐與無地自容，她老人家不明白「BDSM」是什麼東西，只能一遍又一遍的被筆錄給羞辱。警方還出示了從范先生手機裡查扣的艾莉絲裸照，都是一些非常不雅的照片，讓奶奶無法繼續完成筆錄，只能草草的在最後表示：她不願再和這個案件有什麼瓜葛了，檢察官認為是自殺就自殺吧，她沒意見了，她的孫女就是個噁心骯髒之人。

很顯然，這是一份充滿惡意的筆錄，不是別人，正是江禹斌做的，他特地把奶奶叫來，將艾莉絲與范先生之間錯綜複雜的性關係，鉅細靡遺，全都告訴奶奶；這個行為跟魔鬼一樣邪惡，艾莉絲已經死了，卻還要如此被拖出來鞭屍，連最後的顏面都不能保留，所有的祕密被扒得一乾二淨，公諸於世。

而許家偉很清楚，江禹斌這麼做可不是出於什麼破案的好心，這份筆錄是他專程做給許家偉看的。他毀滅了艾莉絲最後的人格，就是為了讓許家偉知道，她的下場就是他的下場。

「……」許家偉反胃得想吐。

江禹斌是在阻止他聯絡他的父母，否則他們之間不堪的關係，就會浮出水面。那影片檔應該就是威脅用的性愛影片，到時候不僅僅是原生家庭，就連同事、朋友、遠房親戚……所有人都會知道這些齷齪事，他將再沒有容身之地。

許家偉氣得馬上打電話給江禹斌，卻無人接聽。他認為江禹斌這是犯規了，明明說好再也不相見，卻用這種下流的方式來逼迫他就範，根本作弊！

「什麼作弊？阿偉你怎麼了？」這時，手機卻傳來他女友的聲音。

「阿偉？」

許家偉抽搐地睜開眼睛，手腳發冷，他這才發現，原來自己作夢了。

並沒有人寄電子郵件過來，江禹斌也沒有威脅他，一切都是夢。而且，許家偉的女友依然在通話中，他看了眼時間，竟然才過三分鐘而已，他在這昏迷游離的三分鐘裡，作了一個可怕卻完整的噩夢。

江禹斌對他的控制，已經到了他「自己能夠控制自己」的程度了，他彷彿已經和江禹斌融為一體，知道他可以做出哪些心狠手辣的事情；縱然並沒有電子郵件寄過來，但江禹斌能有多少心思，他作夢也曉得。

「阿偉？」

「阿偉？」女友還在呼喚他。

「我剛才說到哪裡？」許家偉問道。

「你說，要叫你爸媽上來帶你。」女友弱弱的回答：「你還沒給我他們的聯絡方式……」

許家偉想了一下，垂著嘴角搖頭：「不用了，我自己想辦法。」

「那……」

「先這樣，我掛了。」許家偉沒多講什麼，就結束了通話。

他不能讓他的父母知道這些事情，他和艾莉絲不一樣，艾莉絲死了，只能任人擺布，但他還活著，他必須維護自己最後的尊嚴。

或許，這點堅持才是他的最後防線。

又過了幾天，許家偉忽然收到了警局傳來的復職命令，讓他回偵查隊上班。

原來是案情得到了新的進展，檢察官依照「過失致死罪」將范先生起訴，檢察官根據江禹斌問到的筆錄，認定范先生對艾莉絲的死亡具備不可忽視的責任，因此向法官提起告訴。

案件的性質也從原本的自殺轉為了他殺，檢察官一高興，就從輕發落了破壞現場跡證的許家偉和江禹斌，許家偉這才有了復職的機會。

許家偉原本已經快要死掉了，他連著好幾天不吃不喝，只是躺在地上，放著電視的聲音轟轟作響，不斷在戒斷症狀裡徘徊。現在一聽可以復職，霎時整個人都好轉了。

依照范先生的口供，檢察官認為「ＢＤＳＭ」等等危險遊戲，就是造成艾莉絲死亡的間接原因。但許家偉才不管什麼自殺轉他殺，他已經不管艾莉絲了，他現在只想趕快回到工作崗位上、他必須脫離這裡、他必須回到原本的生活、他必須回到正軌——他必須趕快見到江禹斌。

最後那句話，是他不敢想也不敢承認的，他依然在和江禹斌對峙，依然互不聯絡，他還沒認輸，但只要回到偵查隊，就有機會再見江禹斌一眼；即使不見到他，只要能看到他的辦公室、聞到他曾經走過的味道、待在他所待的地方，許家偉就覺得心曠神怡，整個人都棒極了。

「我回來了！」許家偉一走進辦公室，就高調宣布。

即使他臉色蠟黃、嘴唇乾裂、骨瘦如柴，猶如生了什麼大病似的，但兩眼一發光，就蓋過了所有的陰沉。

「智障，回來就回來，還敢那麼大聲。」阿祥不屑的說道，直接拿一團紙扔他。

許家偉直接看向隊長室，裡面卻沒半個人。

江禹斌不在，許家偉只是如此嘟噥著，然後就走向自己的位置。江禹斌不在也沒關係，至少許家偉回來了，回到這個讓他有安全感的地方。

江禹斌說過，快樂是由痛苦對比出來的，許家偉這下深深體會到了，若非被停職了將近一個禮拜，他可能一輩子也不會知道，自已原來如此倚重這份工作。

「看什麼？」這時，胖明哥走過來，拿了份文件就蓋在他頭上：「混帳小子，把事情搞得亂七八糟，全部的人都得跟在你後面收拾。」

「這是什麼？」許家偉問道。

「還能是什麼？你的筆錄！」胖明哥不滿的說。

許家偉遭到停職，他的工作自然得有人接手承擔，辛苦的就是第四小隊的成員了，他們平均分攤了許家偉所有的案件，當然也包含了那份已經做了三次的筆錄。

胖明哥頂著壓力，終於完成了第四次的筆錄，差點兒沒被民眾給掐死。

許家偉翻了翻筆錄，在意的卻不是筆錄內容，而是最後面的蓋章。只見在主管欄位上，偵查隊長的框框裡，蓋的不是江禹斌的名字，而是另一個陌生的名字。

「隊長去哪兒了？」許家偉問道。

「換人了。」胖明哥從書縫中露出眼睛，瞄了他一眼。

「換人了？」許家偉大驚失色：「為什麼！」

「還能為什麼，就你們兩個惹火了檢察官，把命案現場搞得一團糟，還一副吊兒郎當的樣子……」胖明哥描述起這件事，雖然不滿但也覺得奇怪：「所以隊長就自請調職了，好像會去高雄的樣子。」

許家偉聽完晴天霹靂，再對比那空蕩蕩的隊長室，他內心深處好像有什麼崩塌了，剛才的興奮與開心全然消失。

難道，江禹斌這下是來真的？兩人說好不再相見，既然許家偉不調走，那就江禹斌就自己調走？連最後一面都不讓許家偉見到？

「不可能！」許家偉情緒急轉直下，踉蹌站起，弄翻了一桌的文件，就奔向隊長室。

眾人都被他的大動作都給引起了注意，許家偉扭轉了隊長室的門把，卻打不開，被上鎖了。他敲打窗戶，鼻子都貼在玻璃上，企圖從那一扇狹小的百頁窗中，窺探過去任何一縷兩人存在過的身影。

「夠了，許家偉，你做什麼！」眾人拉扯著他，但聽在他耳裡只是一堆吵雜聲。直到胖明哥捲起袖子揍了他一拳，才讓他腦袋裡那嗡嗡亂叫的蜂鳴霎時成為一片寂靜，好似連心跳都停止了一樣。

許家偉跌坐在地，流出鼻血。

眾人都圍繞著他，卻沒人說話，眼裡充滿的再也不是過去的不齒與嘲笑，而是詫異與同情。他們用一種打量精神病患的眼神看他，沒人敢靠近。

「你要不要考慮，去看個醫生？」胖明哥負疚的揉揉自己的手，害怕的問道。

許家偉盯著他們，卻笑了，他摸了一把自己的鼻血，感受到被揍的疼痛。胖明哥的拳頭讓他已然麻木的神經被激起了一點刺激，他過去將近一個禮拜的悲慘生活，彷彿隨著鮮血的滲入，而恢復了些色彩。

他需要更多刺激。

「再揍我一拳。」他傻笑著向胖明哥請求。

「什麼？」胖明哥這下是真的嚇到了。

「快點再揍我！」

「白痴！」阿祥直接將整包衛生紙扔到他臉上，卻也帶著懼色：「你止血後就滾回家去，別再來上班了！」

「許家偉，你回家去。」彭小隊長直接命令道，那是他的頂頭上司：「現在！」

許家偉搖搖晃晃的離開了，卻一點都不狼狽，他終究還是明白了江禹斌要他明白的道理，他像被水給捉住的魚，再如何奮力游泳，也逃離不出水面。

因為他就是一隻魚，他需要水。

他享受著臉上殘留的疼痛，將胖明哥方才替他做好的，不知為何一直抓在手裡的，那個第四份筆錄直接扔進走廊垃圾桶，然後大步的離開警局。

第九章

艾莉絲命案已經進入到審判階段，檢察官和辯護律師，正在就范先生是否應承擔「過失責任」而爭論。

檢察官認為范先生和艾莉絲所進行的「BDSM」，對艾莉絲造成了不可挽回的精神傷害，進而導致了艾莉絲的自殺；辯護律師則認為，范先生和艾莉絲之間的命令遊戲，根本不能當成艾莉絲自殺的理由，彼此之間沒有因果關係。

所謂的因果關係，意指兩個事件之間的關聯性，例如：用刀捅進某個人的身體，導致了對方的死亡；或者開車朝某個人撞去，將他給輾死，這些都具有強烈的因果關係，我們可以確定，這個行為就是造成某個人死亡的直接原因。

因此，檢察官要以一通兩週前的電話給范先生定罪，未免就顯得太過牽強了，即使檢察官有所退讓，以「過失致死」來代替「故意殺人」，范先生最後要被定罪的可能性依然不高。

「但，誰說一定就是范先生殺的？」許家偉說道。

這裡是一個晦暗的地方，唯一的光線來自於許家偉的眼皮子前方。他正趴著，屏氣凝神、細心謹慎，從一個小孔窺看裡頭的空間。

空間內，是艾莉絲的房間和她那張床，鮮血染紅的地面已變得斑駁龜裂，像凝固變質的油漆，失去光澤，和純粹的黑沒有什麼分別了。因此在這樣的管窺蠡測中，常人的肉眼僅能分辨白色跟黑色，而所謂的白色，只剩床頭的一盞月光，其他地方全被黑暗給吞噬了。

許家偉趴著觀察身前的小孔，感覺自己成了那個犯人，他躲在這裡，先是殺了艾莉絲，然後看著警察進進出出，忙裡忙外，誰都無法發現他。他甚至可以永遠不離開這個藏身處，永遠躲著監視器。

但幻想終歸是幻想，許家偉並沒有找到什麼嫌犯藏身點，他只是站在走廊上，透過艾莉絲家門上的玻璃貓眼洞，緊緊凝視裡頭的動靜。

這是他第三次來到艾莉絲的命案現場，周圍一樣被封鎖線給重重包住，許家偉已經沒有門鎖卡了，無法進到屋子內，他只能將臉貼在門上，從那個小小的洞去窺視房間裡面。

他產生了錯覺，彷彿自己就是殺人犯，在殺死艾莉絲之後，躲到了屋頂上方，和黑暗融成一體，誰也抓不住他，只要他不離開這個房間，就沒有監視器能拍到他。

但艾莉絲的家毫無破綻，它像一個水泥盒子，上下左右全是混凝土，連地板都是實心的地磚，門口還有監視器看守，沒有地方能夠藏住嫌犯。

許家偉騰出十根手指算來算去，他按照檢察官的邏輯去思考，嫌犯只可能有三個人而已，就是江禹斌、許家偉和范先生。但嚴格來講，這些人也不可能是嫌犯，因為監視器照看著艾莉絲的家門呢。

「監視器！監視器！監視器！又是監視器！」許家偉一怒之下，轉頭望向天花板那個攝像頭，脫下鞋子就砸了過去。

他臉上還有鼻血，是被胖明哥揍過的痕跡，他也不知道自己是怎麼搞的，唏哩糊塗又跑到了這個地方，艾莉絲彷彿成了某種詛咒，總是能令他魂牽夢縈的回到這個兇案現場。

許家偉找不到任何突破口，哪怕兇手是他自己也好，哪怕是江禹斌也好，哪怕是隨便一個人都好，他就不要這個案件被草草結束。

難道，兇手就不能遠端殺人嗎？利用慢性毒藥之類的。

難道，兇手就不能是最初發現的那個鄰居嗎？他聞到屍臭味在門口徘徊的時候，耍手段隔空把艾莉絲幹掉了，不行嗎？

難道，兇手就不能在殺了艾莉絲之後，直接從窗戶跳出去，躲開監視器嗎？

許家偉找不到答案，已經沒有答案了，他失落的在艾莉絲的家門口坐下，將臉埋在膝蓋中，身體東一陣西一陣的全是疼痛。他放棄了掙扎，打顫的拿出手機，只剩最後一個方式能夠給他答案。

胖明哥的那一拳正在消退，渾身的恐懼、寂寞、孤獨、乏味襲來，他就算用頭撞牆，也無法減除那股自心底湧上來的，絕望與渴望。

他撥電話給江禹斌。

嘟嘟嘟……

嘟嘟嘟……

嘟嘟嘟……

嘟嘟嘟……

他還是撥了電話給江禹斌。

嘟嘟嘟……

嘟嘟嘟……

嘟嘟嘟……

嘟嘟嘟……

江禹斌都沒有接，當他回過神來時，自己已經撥了上百通。

就在他快要支撐不下去時，江禹斌傳了訊息過來。

江禹斌：我說過什麼？

許家偉馬上回訊息，飛快的打字：接電話！

江禹斌依然不接：我說過什麼？

許家偉：你在哪裡？我錯了！我輸了！

江禹斌：我說，你會爬著回來找我的。

許家偉：接電話！

江禹斌：密碼１１１７。

許家偉心臟漏了一拍，密碼？這什麼意思？

但他飛快的就抬起頭，注意到了艾莉絲家的房號，正是１１１７，而且，他接著就發現了，艾莉絲家的電子門鎖，不僅僅只有感應功能，還附有數字鍵盤。

莫不是……？

許家偉輸入了密碼，１１１７，門應聲而開。

許家偉大吃一驚，問道：為什麼你會知道密碼？

江禹斌沒回答他，只是回覆：進去。

就這簡單霸道的兩個字，讓許家偉瞬間覺得通體舒暢，他渾然沒意識到，自己已經進入到命令遊戲之中，在支配與臣服中找到了最舒適的位置。他只是迫不及待的衝進了艾莉絲家裡，像一隻窒息的魚。

江禹斌接著說：把衣服脫光。

啊，對，這正是許家偉要的感覺，他彷彿置身在雲端之中，上一秒還處在地獄，這一秒卻直接泡在滋味美妙的紅酒裡。他從江禹斌的文字裡聽見了那帶著磁性的嗓音，像是一枚巨大的陽具，充實了他的全部。

他的尊嚴隨著衣服的脫落而遭到剝奪，卻同時帶來了巨大的滿足感，羞澀與恥辱讓他渾身發燙，要脅著整個世界看看他這個醜陋的存在。

江禹斌：打開衣櫥。

許家偉只能照做，他完全失去了抵抗能力。

江禹斌：看到第一個抽屜了嗎？打開它，裡面有一支電動剃刀。

許家偉翻出了那支剃刀，並接上電源，按照江禹斌的命令做。

江禹斌：現在，把你全身上下的毛髮理掉，對，就像那個女人一樣。

他的聲音彷彿從黑暗中傳來，像魔鬼般既危險又魅惑。至此，許家偉早已被完全支配，每個毛孔都在興奮發抖，他終於等來了他的命令遊戲，他的「BDSM」。

他拿著電動剃刀，將自己的頭髮剃掉，一撮撮的落在地上。他站在艾莉絲生前最後趴著的位置，像艾莉絲一樣，遵從所有指示。

許家偉能感覺到，這支剃刀就是艾莉絲在剃光自己時，所用的那支。他正在做著如此汙穢不堪的事情，在別人的地盤上、踩著別人的屍體、重複著別人所遭受的凌辱、還使用別人用過的工具，一切都很噁心，毫無底線。

最終，許家偉完成了江禹斌的命令，將自己理成了光頭，並且照搬了范先生那套，用手機給自己拍了照片，傳給江禹斌。

江禹斌沒有回應了，彷彿已經給了許家偉莫大的恩賜，連聲音卻都沒讓許家偉聽到呢。許家偉趴在艾莉絲死去的地方，渾身虛脫、筋疲力盡，卻又幸福至極，他獲得了前所未有的滿足感，堅信再也不會有比現在更快樂的時候。

他眼皮很沉，像一隻再無防備的兔子，腦海裡所有的負面情緒都被掃除了，此時只想好好睡個覺，就算睡在路中間，被車子給壓死都沒關係，他已經滿足到了這個程度。

他踏實的睡著了。

在一座明媚的教堂裡，陽光磊落的從那些玻璃彩片中灑下，澆在來往的人身上，卻澆不熄虔誠的禱告聲響，這是個充滿信念及生命活力的地方。

許家偉坐在最後一排木椅上，跟著做禮拜，眼睛卻只是盯著最前方的十字架，也不曉得自己嘴裡在唸什麼。

他的斜前方坐著一個人，不是誰，正是他的不倒翁，江禹斌。

江禹斌閉著眼，唸唸有詞，他的背影像一隻帶韁繩的馬，拴著許家偉的手，力量強大的拉著他往前方走，那前方，甚至不確定該不該稱其為未來。

江禹斌被調到高雄去了，和蘆洲是天南地北，但並不影響兩人的一切，至少現在，他們依然在一起，在同一個地方。

「上帝真的存在嗎？」許家偉忽然沒頭沒腦的問道。

江禹斌沒理他，繼續專心的禱告。

「上帝對同性之間的感情是如何解讀的？」許家偉再問道。

許家偉，或許是這個世界上最了解江禹斌的人了，畢竟江禹斌的城府是那麼的深，但對許家偉來說，江禹斌依然是個像謎團般的存在。

許家偉對江禹斌的認識，也只停留在他們之間錯綜複雜的關係，以及當年他強勢將他帶走的那幕，其餘的，許家偉並不比其他人好多少，也是一概不知。

江禹斌有家庭、有小孩、有老婆，這是許家偉所知道的，但，真的不影響什麼，正如許家偉自己也有女友一樣，在他們之間，這些事情都不算什麼。

「你是怎麼變成這樣子的？」許家偉繼續問，心裡實在有太多疑惑。

「是誰讓你接觸『ＢＤＳＭ』的？」

「有其他人也和我們一樣嗎？」許家偉接連問道。

這其實是在「剃毛事件」後，他頭一次見到江禹斌，他們分隔了這麼久，終於還是見著面了，但許家偉並不覺得久違，因為他們每天通訊，遵守著一、三、五，許家偉作主，二、四、六，江禹斌作主的規則。

一切彷彿回到了原點，卻也回不到原點了。

「有聽到我說話嗎？」許家偉朝他的椅背踹了一下。

「你可不可以閉嘴？」江禹斌回答道。

猶記許家偉剛被江禹斌調到偵查隊時，江禹斌帶他去逛了夜市。他對他很好，他們買了很多吃的，這是許家偉在台北第一次逛夜市，他任警已經半年，連一點放鬆的餘裕都還沒有，派出所就碰上了貪腐危機，連帶將他也給捲了進去，還讓他害死了一位女警。

江禹斌帶他玩空氣槍，他說，警察玩這個很吃香，因為平時就有在訓練，玩起夜市的打靶遊戲，跟作弊沒兩樣。

許家偉那天表現得很好，還因此獲得了攤位上最大、最貴的娃娃，那隻娃娃長得像葫蘆一樣，圓滾滾的，推了都不會倒，還有一雙銳利的眼睛，許家偉因此叫它不倒翁，也把江禹斌叫作不倒翁。

但那隻娃娃，卻在當天晚上就被江禹斌給殺了，江禹斌用剪刀將它給開膛破肚，還將它身體裡的棉花都扯出來，泡在馬桶裡沖掉。

那是第一次，許家偉從精神上澈底被江禹斌威攝住。

如今，許家偉也已經沒有了退路，他被偵查隊給開除了，他失去了警察的身分。但他並不在乎，他只是在收拾行李時，將他的金魚給留在那裡。他把牠撈起，晾在日光燈下，看著牠掙扎、翻滾，魚腮拚命鼓動，最後窒息而亡。

金魚也是那次夜市的戰利品之一，沒理由不倒翁死了，牠可以活下來。

「艾莉絲是不是你殺的？為什麼你會知道她房間的密碼？」許家偉問道。

江禹斌的禱告終於結束了一個段落，他背對著他，不耐煩的說：「別開口閉口艾莉絲的，人家叫作陳美華。」

「艾莉絲就是艾莉絲。」

江禹斌直接回答他上一個問題：「她房間本來就沒設密碼，只能用感應卡開，密碼是我後來設的。」

「為什麼？」

「方便行事，不是嗎？」江禹斌笑道，彷彿已經預料到遙遠的未來：「否則，你哪來那個機會可以溜進去？。」

「不可能，艾莉絲一定是你殺的，不然你幹嘛設密碼？」

「還需要我再提醒你一次，你到底在找什麼嗎？」江禹斌回答：「她和我們一樣，都是性虐待的成癮者，我還特地幫她設了密碼，好讓你三不五時回房間溫習一次。」

「所以，是誰帶你踏進這個領域的？」許家偉迅速問道。

「沒有人。」

就這簡單的三個字，卻挑動了許家偉的神經：「怎麼可能沒有人！」他額頭浮現青筋，揪住江禹斌的後領：「你這傢伙，毀了我的一生，怎麼可能沒有人！」

許家偉不能接受，他認為江禹斌非得遭受和自己一樣的創傷，才有資格變成「BDSM」的成癮者。是江禹斌把他變成這樣的，所以也要有人將江禹斌變成那樣！他認為一切都必須要有理由，至少在這件事上要有理由，否則就太不公平了，他不能挖掘到最後，得到的卻是一場空！

「凡事都一定要有理由嗎？」江禹斌卻只是冷冷的說道：「陳美華留給家屬的遺書是什麼？她為什麼要死，難道就有理由嗎？她只是淡淡的說一句『生活很無聊』而已，不是嗎？」

「不是這樣的，她是被她前夫害的！」許家偉抱著頭說。

「真的是那樣嗎？你真的那樣認為嗎？」江禹斌意味深長的笑了，他知道，許家偉明白他說的話是真的，才會如此激動：「沒有理由就是最大的理由，這是我們生而為人，最可怕、也最大的悲哀。什麼叫生無可戀呢？甚至也沒有生無可戀這件事，好多人覺得奇怪，為什麼我的人生會突然停滯了？為什麼堂堂一個隊長，忽然間不再升遷了，還做出那麼多奇怪的事情？為什麼不和老婆上床了？這些事情，全部都沒有答案欸。」他笑道，湊往許家偉臉前，用些微的皺紋將兩人照得仔細：「你問我是怎麼踏入『ＢＤＳＭ』，我可以告訴你，我一生順遂，婚姻美滿，平安幸福，就只是某天無聊，剛好看到這個東西，覺得有趣罷了。」

「你……」許家偉聽得雙眼發紅，無法接受這種邪惡的答案。

「沒有理由就是最大的理由，你苦苦尋找的東西，最後只是一場空而已。」江禹斌說道，輕聲細語，朝許家偉愈發靠近：「有沒有發現，我們簡直出淤泥而不染，我們和其他人，好像不同世界的兩邊一樣。他們絞盡腦汁在尋找理由，這世界卻不存在理由。陳美華可以是她前夫殺的，這點沒有疑慮，但，也可以不是她前夫殺的，好笑啊，檢察官卻還在尋找因果關係，什麼狗屁因果關係！」

「上帝真的存在嗎？」許家偉冷不防拋出這個問題。

「存在。」

「上帝怎麼看待同性之間的愛？」許家偉咬牙切齒的問道。

「我們之間有愛嗎？什麼是愛？」江禹斌卻反問道：「你想殺了我，這是愛嗎？我也想殺了你，這是愛嗎？我們無法分開，這是愛嗎？我選擇了你，把你拖進這個深淵，這是愛嗎？」

「你到底在說什麼鬼東西！」許家偉怒道：「你只管回答我就對了！」

「到頭來你還是在找原因啊，許家偉，我已經告訴你了，沒有原因。」江禹斌回答：「根本沒有什麼因果關係，我們生來只有原罪，沒有愛，也沒有未來，甚至沒有過去，只有現在。所以陳美華死了，死得輕如鴻毛，死得無聊透頂，死得所有人都在替她尋找那個根本不存在的理由。」

「江禹斌！」

「你還是聽不懂是吧？那我就來說個你聽得懂的。」江禹斌抓住了他的耳朵，就彷彿回到那天，他揚言不再與他相見，蹭著他的鼻子不放的模樣：「你心心念念的艾莉絲，朝思暮想的艾莉絲，根本不存在，你現在就回台北，好好的搞清楚死的究竟是誰，死的人叫陳美華，不叫艾莉絲，根本沒有艾莉絲這個人！」

「陳美華就是艾莉絲！」

「陳美華不是艾莉絲。」

這話讓許家偉當場懵了。

怎麼可能？江禹斌的話是什麼意思？死的不是艾莉絲，不然到底是誰？陳美華不就是艾莉絲嗎！為什麼說死的不是艾莉絲？艾莉絲難道不是陳美華的小名嗎？

這到底是怎麼回事啊？

許家偉回到了台北，他匆匆結束了在高雄和江禹斌的會面，趕回了台北，只為了搞清楚江禹斌的話。

江禹斌說陳美華不是艾莉絲，那麼陳美華到底是誰？艾莉絲又是誰？

許家偉煞時被搞糊塗了，他趁交接班時偷溜回偵查隊，偷走了命案所有的新舊卷宗，就蹲在樓梯間翻閱。

陳美華、陳美華、陳美華……確實，所有筆錄裡用的名字都是陳美華，死者都叫陳美華，完全沒有一個字提到艾莉絲，也沒人說陳美華就是艾莉絲。

「難道是我搞錯了？」許家偉恍恍惚惚。

他腦海裡，艾莉絲那曼妙轉身的畫面依然清晰，就好像昨天才發生的事一樣。她替他剪頭髮，她就叫艾莉絲，同事們都叫她艾莉絲，縱使許家偉可能聽錯了、聽漏了，她可能叫艾莉，或艾絲，或艾莉克絲，名字差了一兩個字，但她肯定存在，不可能是虛構的！

許家偉亟需證明這一切，他拋下滿地的筆錄，轉往市區而去。只要到了美髮店就能證明一切了吧？艾莉絲存不存在，問她那些同事們就知道了吧？

「艾莉絲在嗎？」

許家偉爬著樓梯，沿著旋轉霓虹燈，衝到了艾莉絲生前所任職的美髮店。

正值尖峰時刻，店裡座位坐滿，都是客人，大夥兒忙碌，許家偉的莽撞並沒有引起太大的注意，櫃檯的助理只是問了一句：「有預約嗎？」

「我要找艾莉絲！」許家偉說道，並打算出示自己已經失效的警證。

「我知道，所以有預約嗎？」助理不耐煩的說。

「不是啊。」許家偉一臉淩亂：「艾莉絲不是已經死了嗎？還怎麼預約？」

此話一出，店裡忽然安靜了下來。

只見裡頭忽然走出一個主管級別的人物，她拉著許家偉就到一邊去：「你是誰？來這裡做什麼？」她問道。

「我來找艾莉絲。」許家偉說道。

「你有預約嗎？」好像鬼打牆一樣，話題又繞回原點。

「要怎麼預約？艾莉絲不是死了嗎？」

對方沉默了，和許家偉處在一個相互疑惑的狀況中。

然後許家偉就看到了，他一心所繫的艾莉絲，竟然就站在遠邊。她正在替一位女顧客理髮，舉止從容，纖細的身體穿著一件露肩毛衣，半抹微笑掛在臉上，持著銀色剪刀，優雅俐落。

許家偉先是詫異，但便很快意識到，並不是艾莉絲沒死，而是他搞錯人了。死的是陳美華，而不是艾莉絲，她們是完全不同的兩個人，陳美華存在，艾莉絲也存在，而且兩人都在這間美髮店上班，但自殺的是陳美華，而不是艾莉絲。

也難怪店員們對許家偉的話百思不得其解，許家偉要預約艾莉絲，當然可以，畢竟艾莉絲還好端端的活著，但許家偉硬要提起死掉的陳美華，可就讓大夥兒不太高興了。陳美華也是理髮師，也是他們的同事，陳美華的自殺，固然也給大家帶來了錯愕與傷痛，這許家偉莫名其妙將兩人扯在一塊兒，不是沒事找事嗎？

「完了……」許家偉卻只是坐倒在地，兩隻眼睛死死瞪著艾莉絲，心如死灰。

原來他從頭到尾都搞錯了人，死的是陳美華，而不是艾莉絲，陳美華自始至終也沒替他理過一次頭髮，他們甚至沒見過面，他一直在替一位不認識的人瞎操心。

「不可能……」許家偉抱住頭，不敢相信這是真的，他的心靈支柱彷彿瓦解了一樣，他這麼始終在乎、窮追不捨的人，怎麼可以不認識他！這種事情怎麼可以搞錯！

「不可能啊，艾莉絲！」許家偉忽然間衝向了艾莉絲，像失控的野馬一樣，誰也沒能攔住。

艾莉絲嚇得花容失色，撞在牆上，許家偉卻只是一把抓住她的腳，脫掉她的高跟鞋。

眾人尖叫，以為遇上了什麼變態，櫃檯人員也趕緊報警。但許家偉只是死死的抓住她的腳踝，打量上頭的蝴蝶刺青，喊道：「你們看！我沒瘋！死的就是她！死的就是艾莉絲！屍體上面有一樣的紋身！」

是的，許家偉清楚記得，艾莉絲腳上有個蝴蝶刺青，而那天在解剖室參與驗屍時，大體的腳踝也有蝴蝶刺青，這就是許家偉打從一開始就堅決認定，艾莉絲就是陳美華的主要原因，艾莉絲絕對就是陳美華！

「你在發什麼瘋啊，她是我姊妹，那是我們一起去紋的！」艾莉絲卻在此時潑了他一桶冰水，也不認他這個客人了：「你給我放開！變態！放手！滾開！」

許家偉被踢中了臉，失去平衡的躺在地上，這下，他終於失去了一切的根基，他真的不認識什麼陳美華，他從頭到尾，都是在給一個素未謀面的人添亂。就連眼前的艾莉絲，他也不認識了，她歇斯底里、張牙舞爪，跟幻想中的空靈、優雅與美麗完全不同，她是那麼的可憎，那麼的陌生。

許家偉摻和在一起與他毫不相干的案件中，尋找著一個根本不存在的答案，或許正如江禹斌說的，沒有理由就是最大的理由，一切都是一場空。

只有江禹斌站在最高處，將一切都看得很清楚，許家偉開口閉口說著艾莉絲時，他也只是微笑，無情的、殘忍的、邪惡的，看著他墜入深淵。

第十章

陳美華命案的第一審結果出爐，法官判定范先生並不存在過失致死的責任，無罪釋放，這間接的也暗示了，整起事件將以自殺結案，再無疑議。

許家偉忘了自己是如何從美髮店脫身的，是被警察帶走的嗎？還是被江禹斌帶走的？反正一切已然毫無意義，現在，江禹斌就在他身邊。

許家偉雙手被麻繩給綑綁著，粗糙的纖維刺激著他的神經，帶來的全是愉悅。昏暗的房間僅有一盞小燈，江禹斌那碩大的背影，在牆上暈溼一大片影子，也讓空氣布滿情慾的氣息。

這裡不是其他地方，正是江禹斌背著家庭，在外租的小房間，這近兩年來，他們總是在此幽會。

以往許家偉很不喜歡這裡，甚至可以說是害怕，江禹斌背上的傷，有好多都是他在這裡割出來的，他們毫無底線，他可以揍他、掐他、拿皮鞭抽他、挑戰所有的性愛方式；但現在，他已經不害怕了，甚至和房間融為一體。

「再大力一點。」許家偉說道，被蒙住了雙眼，卻仍可以看到身旁的光影。

「嗯？你說什麼？」對方問道。

「再大力一點，我還要。」許家偉渴求道。

床頭的架上，擺著最原始而經典的那些道具，有蠟燭、有皮鞭、有手銬及繩子，全是為了追求快感而生的物品。江禹斌已經千百年沒碰過它們了，在他的回合，他並不需要使用這些外在工具，太膚淺了。

但現在想想，用用也無妨。

他拿起一根蠟燭，點燃，滴在許家偉身上，灼燙他的皮膚，看著他顫抖、呻吟。嗯，確實，這種方法，古老而有效。

綁縛與調教（Bondage & Discipline，即B／D），支配與臣服（Dominance & submission，即D／s），施虐與受虐（Sadism & Masochism，即S／M）——這回，全部的環節都到了。

「你說過，我服從的樣子，很好看。」許家偉忽然問道，筋疲力盡的扭動身體。

「對。」江禹斌回答。

「那是愛嗎？」

「這個問題你不是問過了嗎？」

「所以是愛嗎？」

江禹斌沉默了一下，然後搖頭：「不是。」

正如他那天回答他有沒有上帝存在一樣，他這輩子從不怎麼閃躲問題。倘若世間真有愛情，也不會是現在這副面貌，江禹斌沒有想要了解，也從未打算了解。

午夜十二點一過，週三，是輪到許家偉作主的日子。

他赤裸著身體將江禹斌綁起來，貼在他背上聽他的心跳，聽了好一會兒，然後從某個不知名的地方，取出了一頂假髮。

「這是？」江禹斌問道，淡然的坐著，背上的刀疤赫赫鼎立，在燭光的映照下，楚楚動人，像刻在生命裡的彪炳戰功。

「艾莉絲的頭髮。」許家偉回答。

「陳美華的？」

「對。」

陳美華生前所做的最後一場命令遊戲，是被范先生給剃掉了頭髮。許家偉找到了那些頭髮，並細心作成了假髮，現在就捧在手上。

「戴上它。」許家偉說道，並輕輕將假髮套在江禹斌頭上，整理髮絲。

江禹斌沒有反抗，只覺得有趣，他從牆上的影子，看到自己變成一個女人。能玩出新花樣，總是令他心馳神往。

「你做一回艾莉絲吧。」許家偉附在他耳邊說道。

「有什麼不可以呢？」

「噓，艾莉絲不說話，只是靜靜的死去。」

金屬的觸感滑過背部，像被湯匙輕撫，有一種酥麻刺痛，和畸形的愉悅。

江禹斌感覺自己是一條待宰卻乖巧的魚，只靜靜的側倒在地上，雙手被反綁，看牆上的時鐘在走，聽滴滴答答的聲音，以及背後許家偉沉穩的呼吸聲，對方像個高級廚師。

「就這裡吧？」許家偉問道，並拿起刀子劃一刀，語氣溫柔。

「嗯哼。」江禹斌輕喊。

「我要進去囉。」許家偉說。

他又劃了一刀，像是用捅的，撞了好大一下，但卻又如刀鋒滑過水面，無聲無息，感覺不到一丁點疼痛。

鮮紅漫過半邊地板時，江禹斌才被自己的血給燙醒，但他早已沒有控制權，雙手雙腳都被綁住，無法掙脫，只能從耳朵聽到生命流逝的聲響。

他想起了自己曾看過的一個人性實驗，受測者一樣被雙手反綁，並被欺騙，說他們遭到割腕放血。實驗者卻播放了水流滴下的聲音，讓他們誤以為自己真的在流血，最終導致有人活活被嚇死。

江禹斌輕輕笑了一下，無力感早已遍布全身，他知道自己正在死去，他多希望許家偉正在進行那個「滴水實驗」，多希望淌過臉龐的不是鮮血。

他不是怕死，只是享受那種模糊曖昧的感覺。他的死本可以是「薛丁格的貓」，本可以不清楚滴的到底是水還是鮮血，但許家偉卻搞砸了一切，盛大美妙的儀式毀於一旦，為何如此愚蠢呢？

艾莉絲只玩了一次的遊戲，他們終究也只能玩一次。

許家偉往他的背上劃出最後一刀，然後就站起，像個優雅的紳士般擦擦手，繞過他的腳，往玄關處走去。

「你想走嗎，許家偉？」江禹斌喊出了他的名字，微弱卻堅定。

「我還能去哪裡？」許家偉回答，背對著他，停下來，將染紅血的刀子隨手扔向鞋櫃，站著不動。

江禹斌的眼皮很沉，再也支撐不起意識，他望著許家偉的背影，最後兩人四目相對。他像被抽出了骨幹一樣，只有冷掉的血糊在背後，很冷，很冷。

他看著他死，他也看著他死。

後記

與其說在追查誰是凶手，不如說，誰才是死者？

要推理108　PG2788

要有光
FIAT LUX

警察迷途中：
誰是兇手

作　　者　顏　瑜
責任編輯　紀冠宇、尹懷君、劉芮瑜
圖文排版　黃莉珊
封面設計　王嵩賀

出版策劃　要有光
發 行 人　宋政坤
法律顧問　毛國樑　律師
印製發行　秀威資訊科技股份有限公司
114台北市內湖區瑞光路76巷65號1樓
電話：+886-2-2796-3638　傳真：+886-2-2796-1377
http://www.showwe.com.tw
劃撥帳號　19563868　戶名：秀威資訊科技股份有限公司
讀者服務信箱：service@showwe.com.tw
展售門市　國家書店（松江門市）
104台北市中山區松江路209號1樓
電話：+886-2-2518-0207　傳真：+886-2-2518-0778
網路訂購　秀威網路書店：https://store.showwe.tw
國家網路書店：https://www.govbooks.com.tw
總 經 銷　聯合發行股份有限公司
231新北市新店區寶橋路235巷6弄6號4F
電話：+886-2-2917-8022　傳真：+886-2-2915-6275

出版日期　2023年6月　BOD一版
定　　價　290元

讀者回函卡

Printed in Taiwan

國家圖書館出版品預行編目

警察迷途中：誰是兇手 / 顏瑜著. -- 一版. --
臺北市：要有光, 2023.06
面；　公分. -- (要推理；108)
BOD版
ISBN 978-626-7058-88-6(平裝)

863.57　　　112007306